颜真卿多宝塔碑

全文注释版

姚泉名 编写

长江出版传媒
湖北美术出版社

图书在版编目（CIP）数据

颜真卿多宝塔碑：全文注释版 / 姚泉名编写. —武汉：
湖北美术出版社，2018.5
ISBN 978-7-5394-9494-4
Ⅰ. ①颜…
Ⅱ. ①姚…
Ⅲ. ①楷书－碑帖－中国－唐代
Ⅳ. ①J292.24
中国版本图书馆 CIP 数据核字（2018）第 043976 号

责任编辑：肖志娅　张　韵
技术编辑：范　晶

策划编辑：墨点字帖
封面设计：墨点字帖

颜真卿多宝塔碑：全文注释版　© 姚泉名　编写

出版发行：长江出版传媒 湖北美术出版社
地　　址：武汉市洪山区雄楚大道 268 号 B 座
邮　　编：430070
电　　话：（027）87391256　87679564
网　　址：http://www.hbapress.com.cn
E - mail：hbapress@vip.sina.com
印　　刷：武汉精一佳印刷有限公司
开　　本：787mm×1092mm　1/8
印　　张：6.5
版　　次：2018 年 5 月第 1 版　2018 年 5 月第 1 次印刷
定　　价：36.00 元

出版说明

学习书法，必以古代经典碑帖为范本。但是，被我们当作学书范本的经典碑帖，往往并非古人刻意创作的书法作品，孙过庭《书谱》中说：『虽书契之作，适以记言』，碑帖的功能首先是记录文字、传递信息，即以实用为主。

碑，是一种石刻形式。墓碑则可能源于墓穴边用以辅助安放棺椁的大木，后来逐渐改为石制，并刻上文字，用于歌功颂德、记人记事，借此流传后世。书法中的『碑』泛指各种石刻文字，还包括摩崖刻石、墓志、造像题记、石经等种类。从碑石及金属器物上复制文字或图案的方法称为『拓』，复制品称为『拓片』，拓片是学习碑刻书法的主要资料。

帖，本指写有文字的帛制标签，后来才泛指名家墨迹，又称法书或法帖。把墨迹刻于木板或石头上即为『刻帖』，刻后可以复制多份，使之能够广为流传。唐以前所称的『帖』多指墨迹法书，唐以后所称的『帖』多指刻帖的拓片，而非真迹。帖的内容较为广泛，包括公私文书、书信、文稿、诗词、图书抄本等。

学习书法，固然以范字为主要学习对象，但碑帖的文本内容与书法往往互为表里，不可分割。丰碑大碣，内容严肃，如封禅、祭祀、颁布法令、颂扬德政等，其字体也较为庄重，读其文，才能更好地体会书风所体现的文字主题。尺牍、诗文，往往因情生文，如表达问候、寄托思念、感慨世事等，明其意，才能更好地体会笔墨所表达的情感志趣。文字中所记载的人物生平可资借鉴得失，历史事件可以补史书之不足，气节情怀可以感人肺腑，妙语美文可以发超然之雅兴。了解碑帖内容，不仅可以增长知识，熟悉文意，体会作者的思想感情，还有助于加深对其书法艺术的理解，让我们以融汇文史哲、贯通书画印的新视角，来更好地鉴赏和弘扬悠久灿烂的中华文化。

墨点字帖推出的经典碑帖『全文注释版』系列，精选具有代表性的经典碑帖善本，彩色精印。碑刻附缩小全拓图，配有碑帖局部或整体原大拉页。特邀湖北省中华诗词学会常务副秘书长姚泉名先生对碑帖释文进行全注全译。释文采用简体字，择要注音。原文为异体字的直接改为简体字，通假字、错字、脱字、衍字等在注释中说明。原文残损不可见的，以『□』标注；虽不可见但文字可考的，标注文字于『□』内。注释主要针对不易理解的字词，注明本义或在文中含义，一般不做考证。释文有异文的，一般不做校改，对文意影响较大的在注释中酌情说明。全文以直译和意译相结合的方法进行翻译，力求简明通俗。对原作上钤盖的鉴藏印章择要注解，释读印文，说明出处。

希望本系列图书能帮助读者更全面深入地了解经典碑帖的背景和内容，从而提升学习书法的兴趣和动力，进而在书法学习上取得更多的收获。

简介

《多宝塔碑》全称《大唐西京千福寺多宝佛塔感应碑文》，岑勋撰文，徐浩隶书题写碑额，颜真卿书丹，史华刻石。碑文记载了楚金禅师因诵《法华经》而生感应，主持修建多宝塔的经过。此碑立于天宝十一年（752），高二百八十五厘米，宽一百零二厘米。碑阳楷书，共三十四行，满行六十六字。碑阴为《楚金禅师碑》。碑石原立于长安千福寺，今在西安碑林。

颜真卿（709—785），字清臣，京兆万年（今陕西省西安市）人，祖籍琅琊临沂（今山东省临沂市）。唐代名臣，书法家。开元二十二年（734）举进士，曾任平原太守，后官至太子太师，封鲁郡开国公，谥文忠，世称『颜平原』『颜鲁公』。颜真卿家学深厚，上祖多善草、篆，书法初受教于舅氏殷仲荣家，又学褚遂良，师从张旭，终自成一家，一变古法，创『颜体』书风，其楷书端庄雄强，行书气势遒迈，对后世影响极大。其楷书代表作有《多宝塔碑》《麻姑仙坛记》《颜家庙碑》《颜勤礼碑》等，行草书代表作有《祭侄文稿》《争座位帖》《刘中使帖》等。宋欧阳修《集古录》评：『余谓鲁公书如忠臣烈士，道德君子，其端严尊重，人初见而畏之，然愈久而愈可爱也。』宋朱文长《续书断》评：『点如坠石，画如夏云，钩如屈金，戈如发弩，纵横有象，低昂有态，自羲、献以来，未有如公者也。』宋赵与时《宾退录》评：『颜真卿如项羽挂甲，樊哙排突，硬弩欲张，铁柱将立，昂然有不可犯之色。』

《多宝塔碑》为颜真卿四十四岁时所书，是颜真卿传世作品中创作时间较早的一件。此碑用笔精严，结体匀稳，秀丽刚健，平正端庄。笔画常以露锋起笔，显露锋颖，收笔顿挫分明，笔画间时而可见明显的映带痕迹。横轻竖重，撇细捺粗，从中可见法度。圆转方折，兼而有之，又于法度之中显出变化。字形方正，中宫疏朗，这一点透露出颜体宽博厚重的基本风貌，已经有别于以王羲之风格为基调的初唐书风，颜真卿意欲从流行书风中另辟蹊径的构想已初见端倪。宋《宣和书谱》云：『……早年书千佛寺碑（即《多宝塔碑》），已与欧、虞、徐、沈暮年之笔相上下。』明赵崡云：『正书为此碑最著。』

《多宝塔碑》笔精墨润，起止有法，加之石坚刻深，传拓得神，非常适合初学者学成规矩，收心养志，后世学书者多以之启蒙。本书以北宋精拓本为底本，彩色精印，并译注碑文，是楷书入门的上佳范本。

大唐西京千福寺多寶佛塔感應碑文

南陽岑勛撰

朝議郎判尚書武部員外郎琅邪顏真卿書

朝散大夫檢校尚書都官郎中東海徐浩題額

粵妙法蓮華諸佛之秘藏也多寶佛塔證經之踴現也發明資乎十力弘建在於四依有禪師法號楚金姓程廣平人也祖父並信著釋門慶歸法胤母高氏久而無姙夜夢
諸佛覺而有娠是生龍象之徵無取熊羆之兆誕彌厥月炳然殊相岐嶷絕於葷茹髫齔不為童遊道樹萌牙聳豫章之楨幹禪池畎澮涵巨海之波濤年甫七歲居然厭俗
自誓出家禮藏探經法華在手宿命潛悟如識金環總持不遺若注瓶水九歲落髮住西京龍興寺從僧籙也進具之年昇座講法頓收珍藏異窮子之疾走直詣寶山無化
城而可息爾後因靜夜持誦至多寶塔品身心泊然如入禪定忽見寶塔宛在目前釋迦分身遍滿空界行勤聖現業淨感深悲生悟中淚下如雨遂布衣一食不出戶庭期
滿六年誓建茲塔既而許王瓘及居士趙崇信女普意善來稽首咸捨珍財禪師以為輔莊嚴之因資爽塏之地利見千福默議於心時千福有懷忍禪師忽於中夜見有一
水發源龍興流注千福清澄泛灩中有方舟又見寶塔自空而下久之乃滅即今建塔處也寺內淨人名法相先於其地復見燈光遠望則明近尋即滅竊以水流開於法性
舟泛表於慈航塔現兆於有成燈明示於無盡非至德精感其孰能與於此及禪師建言雜然歡愜負畚荷插于橐于囊登登憑憑是板是築灑以香水隱以金鎚我能竭誠
工乃用壯禪師每夜於築階所懇志誦經勵精行道眾聞天樂咸嗅異香喜歎之音聖凡相半至天寶元載創構材木肇安相輪禪師理會佛心感通
帝夢七月十三日　敕內侍趙思偘求諸寶坊驗以所夢入寺見塔禮問禪師　聖夢有孚法名惟肖其日賜錢五十萬絹千匹助建修也則知精一之行雖先
天而不違純如之心當後佛之授記昔漢明永平之日大化初流　我皇天寶之年寶塔斯建同符千古昭有烈光於時道俗景附檀施山積庀徒度財功百其倍矣至
二載　敕中使楊順景宣　旨令禪師於花萼樓下迎多寶塔額遂總僧事備法儀　宸睠俯臨額書下降又賜絹百疋　聖札飛毫動雲龍之氣象
天文挂塔駐日月之光輝至四載塔事將就表請慶齋歸功　帝力時僧道四部會逾萬人有五色雲團輔塔頂眾盡瞻覩莫不崩悅大哉觀佛之光利用賓于法王禪
師謂同學曰鵬運滄溟非雲羅之可頓心遊寂滅豈愛網之能加精進法門菩薩以自強不息本期同行復遂宿心鑿井見泥去水不遠鑽木未熱得火何階凡我七僧聿懷
一志晝夜塔下誦持法華香煙不斷經聲遞續炯以為常沒身不替自三載每春秋二時集同行大德四十九人行法華三昧尋奉　恩旨許為恒式前後道場所感舍利
凡三千七十粒至六載欲葬舍利預嚴道場又降一百八粒畫普賢變於筆鋒上聯得一十九粒莫不圓體自動浮光瑩然禪師無我觀身了空求法先刺血寫法華經一部
菩薩戒一卷觀普賢行經一卷乃取舍利三千粒盛以石函兼造自身石影跪而戴之同置塔下表至敬也使夫舟遷夜壑無變度門劫筭墨塵永垂貞範又奉為
主上及蒼生寫妙法蓮華經一千部金字三十六部用鎮寶塔又寫一千部散施受持靈應既多具如本傳其載　敕內侍吳懷實賜金銅香鑪高一丈五尺奉表陳謝
手詔批云師弘濟之願感達人天莊嚴之心義成因果則法施財施信所宜先也　主上握至道之靈符受如來之法印非禪師大慧超悟無以感於　宸衷非
主上至聖文明無以鑒於誠願倬彼寶塔為章梵宮經始之功真僧是葺克成之業　聖主斯崇爾其為狀也則岳聳蓮披雲垂蓋偃下欻崛以踴地上亭盈而媚空中
晻晻其靜深旁赫赫以弘敞礝碱承陛琅玕綷檻玉瑱居楹銀黃拂戶重簷疊於畫栱反宇環其璧璫坤靈贔屭以負砌天祇儼雅而翊戶或復肩挐摯鳥肘擐脩蛇冠盤巨
龍帽抱猛獸勃如戰色有奭其容窮繪事之筆精選朝英之偈贊若乃開扃鐍窺奧秘二尊分座疑對鷲山千帙發題若觀龍藏金碧炅晃環佩葳蕤至於列三乘分八部聖
徒翕習佛事森羅方寸千名盈尺萬象大身現小廣座能卑須彌之容欻入芥子寶蓋之狀頓覆三千昔衡岳思大禪師以法華三昧傳悟天台智者尒來寂寥罕契真要法
不可以久廢生我禪師克嗣其業繼明二祖相望百年夫其法華之教也開玄關於一念照圓鏡於十方指陰界為妙門驅塵勞為法侶聚沙能成佛道合掌已入聖流三乘
教門總而歸一八萬法藏我為最雄譬猶滿月麗天螢光列宿山王映海蟻垤羣峰嗟乎三界之沉寐久矣佛以法華為木鐸惟我禪師超然深悟其貌也岳瀆之秀冰雪之
姿果脣貝齒蓮目月面望之厲即之溫覩相未言而降伏之心已過半矣同行禪師抱玉飛錫襲衡台之秘躅傳止觀之精義或名高　帝選或行密眾師共弘開示之
宗盡契圓常之理門人苾蒭如巖靈悟淨真真空法濟等以定慧為文質以戒忍為剛柔含朴玉之光輝等旃檀之圍繞夫發行者因因圓則福廣起因者相相遣則慧深求
無為於有為通解脫於文字舉事徵理含毫強名偈曰
佛有妙法比象蓮華圓頓深入真淨無瑕慧通法界福利恒沙直至寶所俱乘大車其一於戲上士發行正勤緬想寶塔思弘勝因圓階已就層覆初陳乃昭　帝夢福應
天人其二輪奐斯崇為章淨域真僧草創　聖主增飾中座眈眈飛簷翼翼薦臻靈感歸我　帝力其三念彼後學心滯迷封昏衢未曉中道難逢常驚夜枕還懼真龍
不有禪伯誰明大宗其四大海吞流崇山納壤教門稱頓慈力能廣功起聚沙德成合掌開佛知見法為無上其五情塵雖雜性海無漏定養聖胎染生迷鷇斷常起縛空色同謬
薝蔔現前餘香何嗅其六彤彤法宇繄我四依事該理暢玉粹金輝慧鏡無垢慈燈照微空王可託本願同歸其七
天寶十一載歲次壬辰四月乙丑朔廿二日戊戌建　敕檢校塔使正議大夫行內侍趙思偘　判官內府丞車沖　檢校僧義方　河南史華刻

大唐西京千福寺多寶佛
塔感應碑文
南陽岑勛撰 朝議郎
判尚書武部員外郎琅
邪顔真卿書 朝散大
夫撿校尚書都官郎中

大唐西京①千福寺多宝佛塔感应碑文 南阳②岑勋③撰④ 朝议郎 判尚书武部员外郎 琅邪⑤颜真卿书 朝散大夫 检校尚书都官郎中 东海⑥徐浩⑦题额⑧ 粤⑨妙法莲华⑩ 诸佛之秘藏⑪也 多宝佛塔 证⑫经之踊现⑬也 发明⑭资⑮乎十力⑯ 弘建在于四依⑰ 有禅师⑱法号楚金

【注释】

① 西京：指长安（今陕西省西安市）。
② 南阳：今河南省南阳市。
③ 岑（cén）勋：生平不详，或谓李白之友。
④ 撰：撰文。
⑤ 琅邪：又作琅琊，今山东省临沂市。
⑥ 东海：今江苏省东海县。
⑦ 徐浩（703—783）：字季海，越州（今浙江省绍兴市）人，唐代书法家。擅隶、行、草书，尤精楷书。代表作有《朱巨川告身》《不空和尚碑》。
⑧ 题额：题写碑额。
⑨ 粤：助词。用于句首或句中。
⑩ 妙法莲华：佛经名。即《妙法莲华经》，简称《法华经》。
⑪ 秘藏：佛教语。即秘密藏，谓非凡辈所可知晓的秘密法门。
⑫ 证：印证。
⑬ 踊现：突现，涌现。
⑭ 发明：创造性地阐发。
⑮ 资：凭借，仰仗。
⑯ 十力：佛家谓佛所具有的十种智力。
⑰ 四依：佛家指四种需要依凭的项目。
⑱ 禅师：对和尚的尊称。

姓程廣平人也祖父並信
著釋門慶歸法胤母高氏
久而無妊夜夢諸佛覺而
有娠是生龍象之徵無取
熊羆之兆誕弥厥月炳然
殊相岐嶷絶於葷茹髫齔

姓程 广平①人也 祖父②并③信著释门④ 庆归⑤法胤⑥ 母高氏 久而无妊⑦ 夜梦诸佛 觉⑧而有娠⑨ 是生龙象⑩之征⑪ 无取熊罴⑫之兆⑬ 诞弥厥月⑭ 炳然⑮殊相⑯ 岐嶷⑰绝于荤茹⑱ 髫龀⑲不为童游⑳ 道树㉑萌牙㉒ 耸豫章㉓之桢干㉔ 禅池㉕畎浍㉖ 涵巨海之波涛 年甫㉗七岁 居然厌俗 自誓㉘出家 礼藏探经㉙ 法华㉚在手 宿命㉛潜悟 如识

【注释】

① 广平：今河北省广平县。
② 祖父：祖父与父亲。
③ 并：一起。
④ 释门：佛教。
⑤ 归：皈依。
⑥ 法胤：指佛门的继承人。
⑦ 妊：怀孕。
⑧ 觉：醒来。
⑨ 娠：妊娠。
⑩ 龙象：佛教用以喻阿罗汉中勇猛而有最大能力者，亦喻高僧。
⑪ 征：征兆，迹象。
⑫ 熊罴（pí）：喻勇士或帝王贤佐。
⑬ 兆：预兆。
⑭ 诞弥厥月：怀孕足月产期满。
⑮ 炳然：明显。
⑯ 殊相：特殊的相貌。
⑰ 岐嶷（nì）：谓幼年聪慧。
⑱ 荤茹：荤菜。
⑲ 髫龀（tiáo chèn）：指幼年。
⑳ 童游：儿童游戏。
㉑ 道树：菩提树。相传释迦牟尼在此树下成道，故称。
㉒ 萌牙：萌芽。
㉓ 豫章：古书上记载的一种树名，或指今之樟树。常喻栋梁之材。
㉔ 桢干：筑墙时两端所立的木柱。常喻骨干人员。
㉕ 禅池：禅院内的小池。
㉖ 畎浍（quǎn kuài）：田间水沟。泛指溪流、沟渠。
㉗ 甫：刚刚。
㉘ 自誓：自己发誓，表示决心。
㉙ 礼藏探经：虔诚地钻研佛教经藏。
㉚ 法华：指《法华经》。
㉛ 宿命：前世的生命。佛教认为世人过去之世皆有生命，辗转轮回，故称宿命。

金環摠持不遺若注瓶水
九歲落髮住西京龍興寺
從僧籙也進具之年昇座
講法頓收珍藏異窮子之
疾走直詣寶山無化城而
可息尒後因靜夜持誦至

金环[1] 总持[2] 不遗 若注瓶水[3] 九岁落发[4] 住西京龙兴寺 从僧箓[5]也 进具[6]之年 升座[7]讲法 顿收珍藏 异[8]穷子之疾走[9] 直诣[10]宝山 无化城[11]而可息 尔后 因静夜持诵[12] 至多宝塔品[13] 身心泊然[14] 如入禅定 忽见宝塔 宛在目前 释迦分身[15] 遍满空界[16] 行勤[17]圣现[18] 业[19]净感深 悲生悟中 泪下如雨 遂布衣一食[20] 不

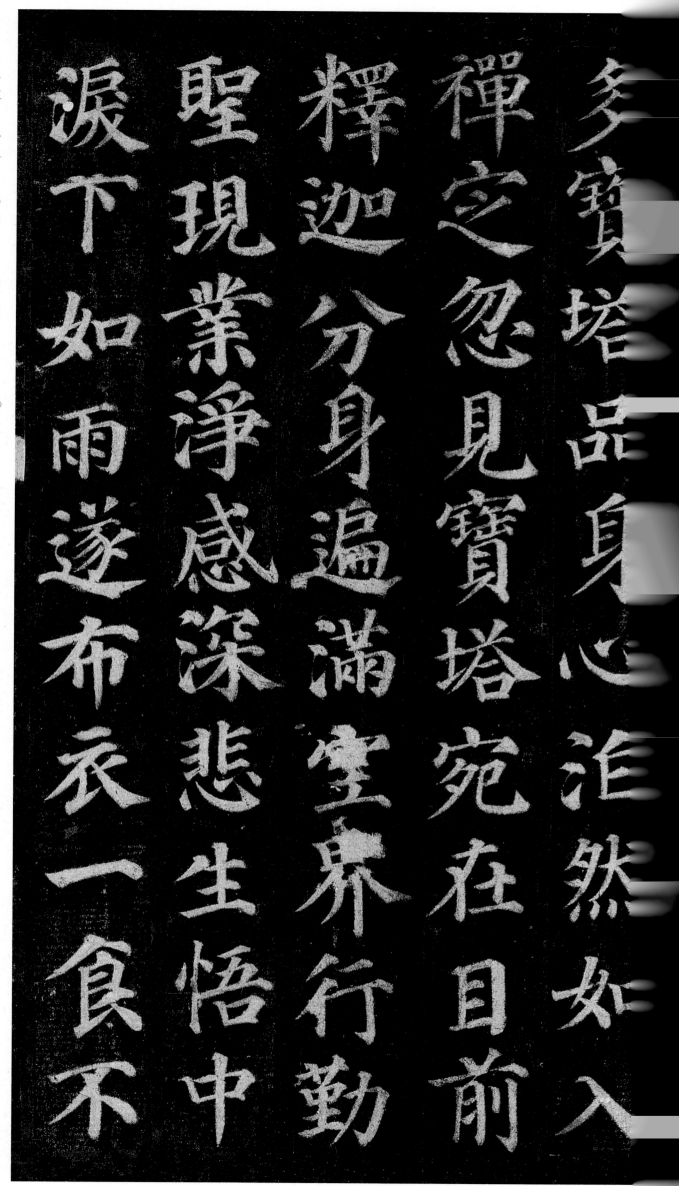

多寶塔品身心泊然如入
禪定忽見寶塔宛在目前
釋迦分身遍滿空界行勤
聖現業淨感深悲生悟中
淚下如雨遂布衣一食不

【注释】

① 识金环：《晋书》记载，羊祜能识得前世所收藏的金环。

② 总持：佛教语。谓持善不失，持恶不生，具备众德。

③ 注瓶水：佛教称传法无遗漏，如以此瓶之水注入他瓶。

④ 落发：剃发为僧。

⑤ 僧箓（lù）：僧人的名册。

⑥ 进具：谓僧尼受具足戒。年龄已满二十岁之沙弥可受。

⑦ 升座：登上讲座。

⑧ 异：不同于。

⑨ 穷子之疾走：《法华经》中有以穷子喻众生，老父为使穷子醒悟演绎许多曲折的故事。

⑩ 诣：前往。

⑪ 化城：一时幻化的城郭。佛教喻小乘境界。

⑫ 持诵：诵读以学习。

⑬ 多宝塔品：指《法华经·见宝塔品第十一》。

⑭ 泊然：恬淡无欲。

⑮ 分身：佛教语。诸佛、菩萨由于慈悲，用种种方便法门，化身至各处教化众生。

⑯ 空界：佛教语。无边之虚空，六界之一。

⑰ 行勤：修行勤奋。

⑱ 圣现：圣像出现。

⑲ 业：梵语音译。佛教谓一切身心活动。

⑳ 一食：一日只在午前食一餐。

出戶庭朙滿六年誓建茲
塔既而許王瓘及居士趙
崇信女普意善來稽首咸
捨珍財禪師以為輯莊嚴
之因資爽塏之地利見千
福默議於心時千福有懷

出户庭 朙满六年 誓建兹塔 既而①许王瓘②及居士③赵崇 信女④普意 善来⑤稽首⑥ 咸⑦舍珍财 禅师以为辑⑧庄严之因⑨ 资⑩爽垲⑪之地 利见千福 默议于心⑫ 时⑬千福有怀忍禅师 忽于中夜 见有一水 发源龙兴 流注千福 清澄泛滟⑭ 中有方舟 又见宝塔 自空而下 久之乃灭 即今建塔处也 寺内净人⑮名

【注释】

① 既而：不久。

② 许王瓘（guàn）：李瓘，唐高宗孙，许王李素节子，后嗣许王。

③ 居士：在家而信道修行之人。

④ 信女：信奉佛教而未出家的妇女。

⑤ 善来：印度人表示欢迎之意的问候语。

⑥ 稽首：此指出家人所行的常礼，一般在见面时用。

⑦ 咸：全。

⑧ 辑：汇合。

⑨ 因：胜因，善因。

⑩ 资：具备。

⑪ 爽垲（kǎi）：高爽干燥。

⑫ 默议于心：在心里筹划。

⑬ 时：当时。

⑭ 泛滟：浮光闪耀。

⑮ 净人：在寺院担负勤杂劳务的非出家人。

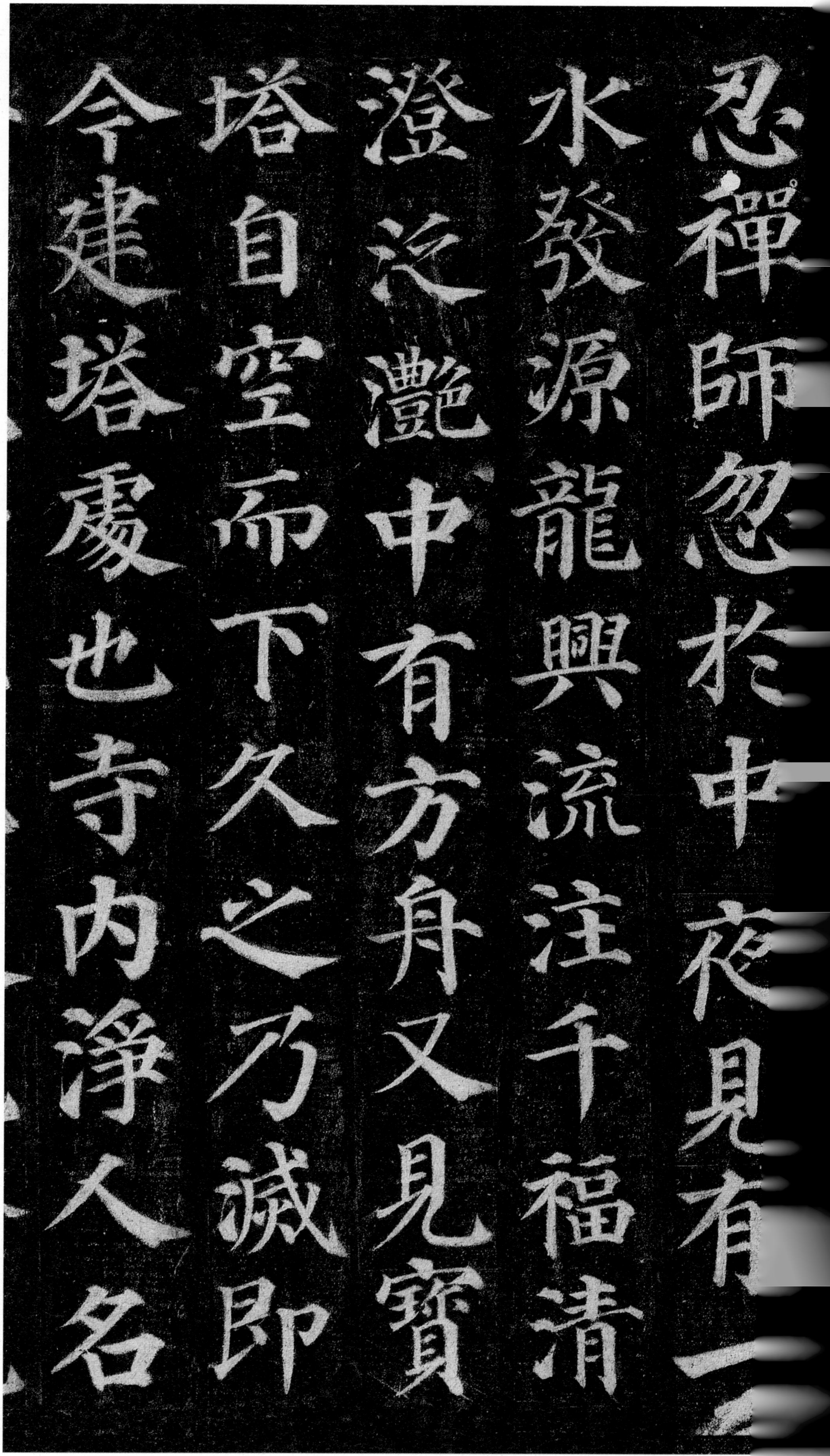

法相先於其地復見燈光
遠望則明近尋即滅竊以
水流開於法性舟泛表於
慈航塔現兆於有成燈明
示於無盡非至德精感其
孰能與於此及禪師建言

法相　先于其地　复见[1]灯光　远望则明　近寻即灭　窃[2]以水流开于法性[3]　舟泛表[4]于慈航[5]　塔现兆[6]于有成　灯明示[7]于无尽　非至德[8]精感[9]　其孰能与于此[10]　及禅师建言[11]　杂然[12]欢惬[13]　负畚[14]荷插[15]　于橐于囊[16]　登登凭凭[17]　是板是筑[18]　洒以香水[19]　隐以金锤[20]　我能竭诚[21]　工乃用壮[22]　禅师每夜于筑阶所[23]　恳志[24]诵经[25]　励精[26]

【注释】

①复见：多次看见。

②窃：自己。即作者岑勋。

③法性：佛教语。真实不变、无所不在的体性。

④表：显扬。

⑤慈航：佛教谓佛、菩萨以慈悲之心度人，如航船之济众，使脱离生死苦海。

⑥兆：预兆。

⑦示：显示。

⑧至德：大德，崇高伟大的德性。

⑨精感：精诚的意念。

⑩其孰能与于此：还有谁能做到这样。

⑪建言：提出建塔的建议。

⑫杂然：纷纷。

⑬欢惬（qiè）：欢心合意。

⑭畚（běn）：畚箕，竹制撮物用具。

⑮插：通“锸”，铁锹。

⑯于櫜（gāo）于囊：櫜，似应为“槖”。槖（tuó）囊，盛东西的口袋。

⑰登登凭凭：拟声词。犹叮叮当当。

⑱是板是筑：板筑，筑土墙用的夹板和杵。筑土墙时，夹板中填入泥土，用杵夯实。泛指土木营造的事情。

⑲香水：佛家供佛的水。

⑳隐以金锤：此句意为用铁锤把钉子钉入木板。

㉑竭诚：对佛竭尽忠诚。

㉒用壮：使用强力。

㉓筑阶所：指建筑工地。

㉔恳志：意愿虔诚。

㉕诵经：诵读经书。

㉖励精：精神振奋。

雜然懽愜負畚荷插于櫜
于囊登登憑憑是板是築
灑以香水隱以金鎚我能
竭誠工乃用壯禪師每夜
於築階所懇志誦經勵精

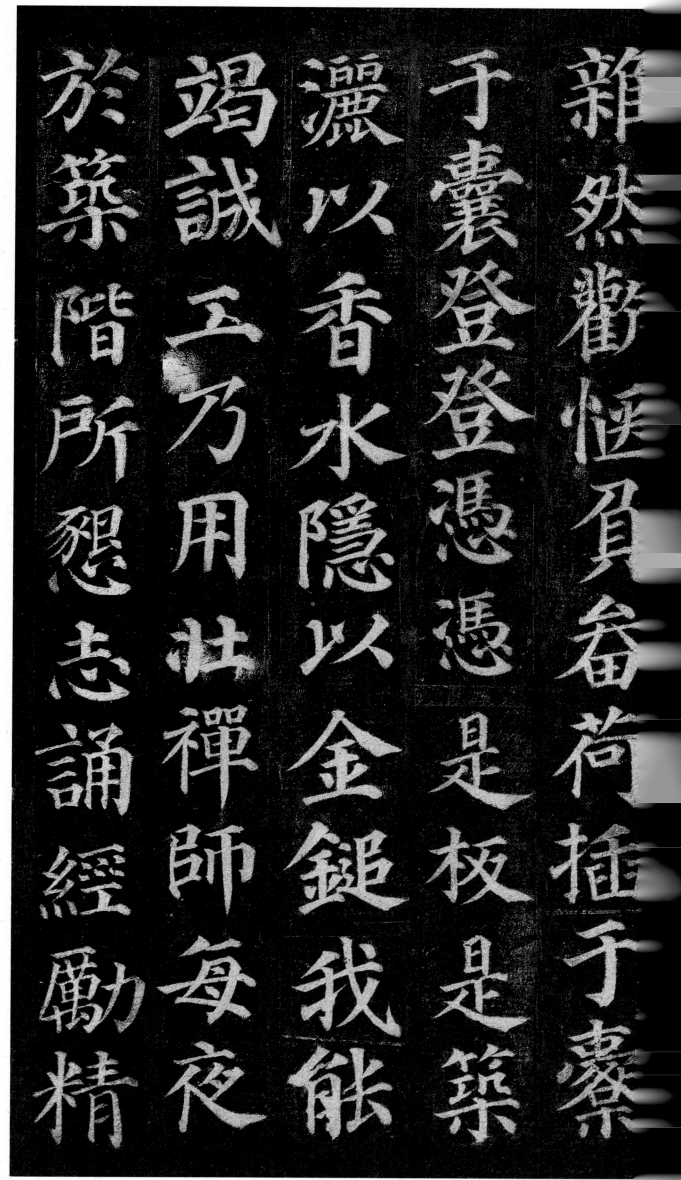

行道衆聞天樂咸嗅異香

喜歎之音聖凡相半至天

寶元載創構材木肇安相

輪禪師理會佛心感通

帝夢七月十三日勅内

侍趙思侃求諸寶坊驗以

行道[1] 众闻天乐 咸嗅异香 喜叹之音 圣凡相半 至天宝[2] 元载 创[3] 构材木 肇[4] 安相轮[5] 禅师理会[6] 佛心 感通[7] 帝梦 七月十三日 敕[8] 内侍[9] 赵思侃求诸宝坊[10] 验以所梦 入寺见塔 礼问禅师 圣梦有孚[11] 法名[12] 惟肖[13] 其日[14] 赐钱五十万 绢[15] 千匹 助建修也 则知精一[16] 之行 虽先天[17] 而不违 纯如[18] 之心 当后

所夢入寺見塔禮問禪師
聖夢有孚法名惟肖其日
賜錢五十萬絹千匹助建
脩也則知精一之行雖先
天而不違純如之心當後

【注释】

① 行道：宣讲佛法。
② 天宝：唐玄宗李隆基年号（742—756）。
③ 创：开始。
④ 肇：开始。
⑤ 相轮：佛教语。塔刹的主要部分，贯串在刹杆上的圆环。
⑥ 理会：领会。
⑦ 感通：以意念通达。
⑧ 敕：皇帝下命令。
⑨ 内侍：宦官之职。
⑩ 宝坊：对寺院的美称。
⑪ 孚：符合。
⑫ 法名：佛教徒受戒时由本师授予的名字。
⑬ 惟肖：相似。惟，语气助词。
⑭ 其日：当天。
⑮ 绢：生丝织物，唐时可做货币。
⑯ 精一：精粹专一。
⑰ 先天：指先于天时而行事，有先见之明。
⑱ 纯如：纯正和谐。

佛之授記昔漢明永平之
日大化初流我皇天寶
之年寶塔斯建同符千古
昭有烈光於時道俗景附
檀施山積庀徒度財功百
其倍矣至二載敕中使

佛之授记[1] 昔汉明[2]永平[3]之日 大化初流[4] 我皇[5]天宝之年 宝塔斯建 同符[6]千古 昭有烈光[7] 于时[8]道俗景附[9] 檀施[10]山积 庀徒[11]度财 功百其倍矣 至二载 敕中使[12]杨顺景宣旨 令禅师于花萼楼下迎多宝塔额[13] 遂总[14]僧事 备[15]法仪[16] 宸眷[17]俯临 额书[18]下降 又赐绢百匹 圣札[19]飞毫 动云龙之气象

【注释】

① 授记：谓佛对发愿修行的人给予将来证果、成佛的预言。

② 汉明：指汉明帝刘庄(28—75)，光武帝刘秀第四子,东汉第二位皇帝，信佛。

③ 永平：汉明帝年号（58—75）。

④ 大化初流：指佛教传入中国。

⑤ 我皇：指唐玄宗。

⑥ 符：相合。

⑦ 烈光：荣耀。

⑧ 于时：此时。

⑨ 景附：如影附身，指依附跟随。景，同“影”。

⑩ 檀（tán）施：布施。

⑪ 庀（pǐ）徒：聚集工匠、役夫。

⑫ 中使：内廷的使者。多指宦官。

⑬ 额：牌匾。

⑭ 总：总领。

⑮ 备：完备。

⑯ 法仪：法度礼仪。

⑰ 宸（chén）眷：帝王的恩宠。

⑱ 额书：御笔题写的塔匾。

⑲ 圣札：皇帝的题字。

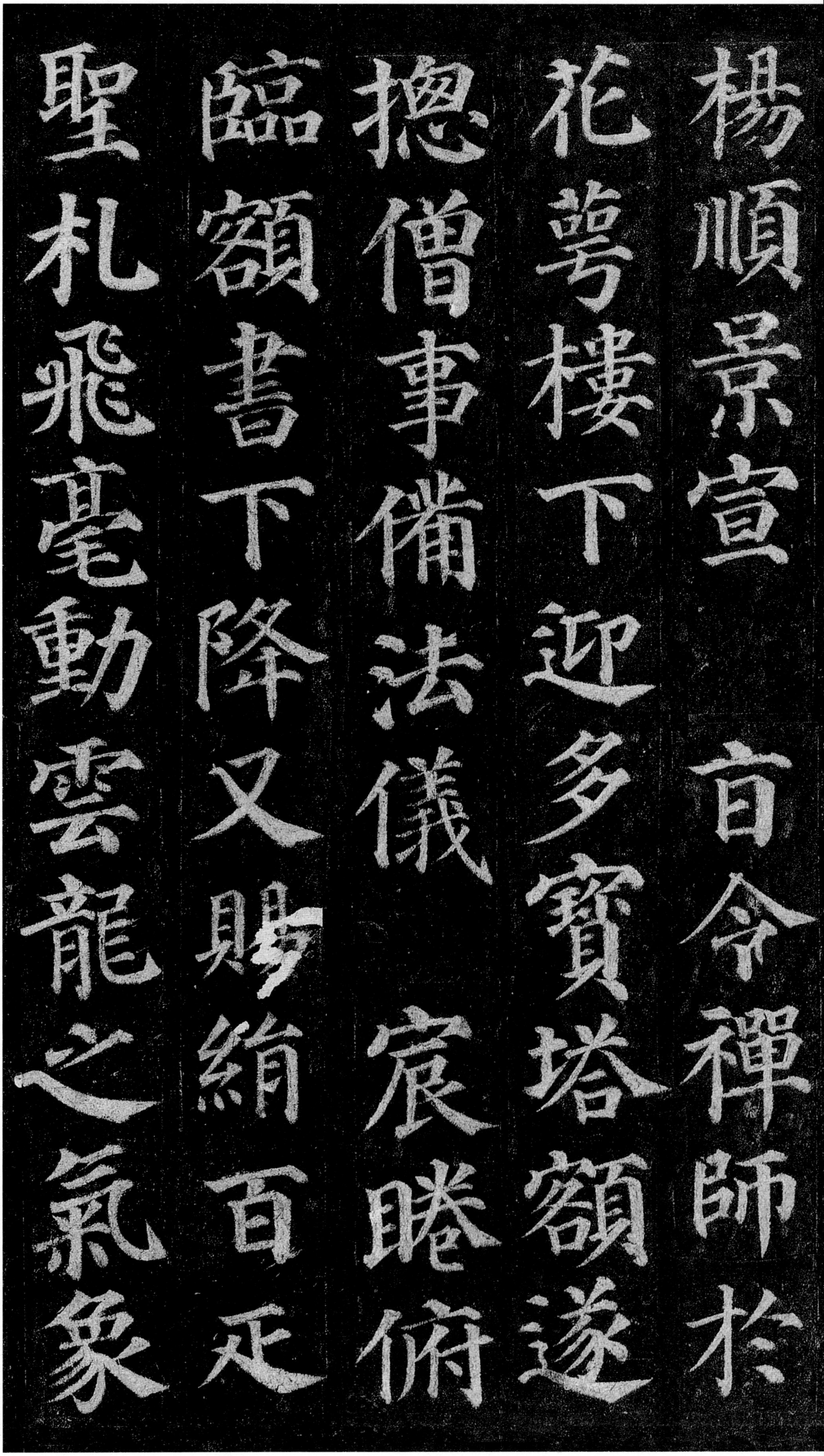
楊順景宣　旨令禪師於
花萼樓下迎多寶塔額遂
總僧事備法儀宸睠俯
臨額書下降又賜絹百疋
聖札飛毫動雲龍之氣象

天文①挂塔 驻②日月之光辉 至四载 塔事将就③ 表请④庆斋⑤ 归功⑥帝力⑦ 时僧道⑧四部⑨ 会逾万人 有五色云团辅⑩塔顶 众尽瞻睹 莫不崩悦⑪ 大哉 观佛之光

利用宾于法王⑫ 禅师谓同学⑬曰 鹏运沧溟⑭ 非云罗⑮之可顿⑯ 心游寂灭⑰ 岂爱网⑱之能加 精进⑲法门 菩萨⑳以自强不息 本期同行 复遂宿心㉑ 凿井

【注释】

① 天文：指皇帝所题写的匾额文字。
② 驻：留驻。
③ 就：完成。
④ 表请：上表请求。
⑤ 庆斋：庆典斋会。
⑥ 归功：将功劳归属于某人。
⑦ 帝力：皇帝的恩惠。
⑧ 僧道：指佛家。
⑨ 四部：指四部众，又称四部弟子，即比丘、比丘尼、优婆塞、优婆夷。
⑩ 辅：卫护。
⑪ 崩悦：异常惊喜。
⑫ 法王：佛之尊称。
⑬ 同学：一同修行者。
⑭ 沧溟：苍天、大海。
⑮ 云罗：高入云天的网罗。
⑯ 顿：停止。
⑰ 寂灭：佛教语。“涅槃”的音译，指超脱一切，可进入不生不灭之门。
⑱ 爱网：情网。佛教谓人受情欲束缚，如坠网中，故称。
⑲ 精进：佛教语。谓坚持修善法，断恶法，毫不懈怠。
⑳ 菩萨：佛教指达到自觉（自身得到解脱）、觉他（使众生达到解脱）两项修行果位者。
㉑ 宿心：初心，向来的心愿。

見泥去水不遠鑽木未熱
得火何階凡我七僧聿懷
一志晝夜塔下誦持法華
香煙不斷經聲遞續炯以
為常沒身不替自三載每
春秋二時集同行大德四

见泥 去水不远 钻木未热 得火何阶[1] 凡我七僧[2] 聿怀[3]一志 昼夜塔下 诵持法华 香烟[4]不断 经声递续 炯以为常 没身[5]不替 自三载[6] 每春秋二时 集同行

大德[7]四十九人 行法华三昧[8] 寻[9]奉恩旨[10] 许为恒式[11] 前后道场[12] 所感舍利凡三千七十粒 至六载 欲葬舍利 预严[13]道场 又降一百八粒 画普贤

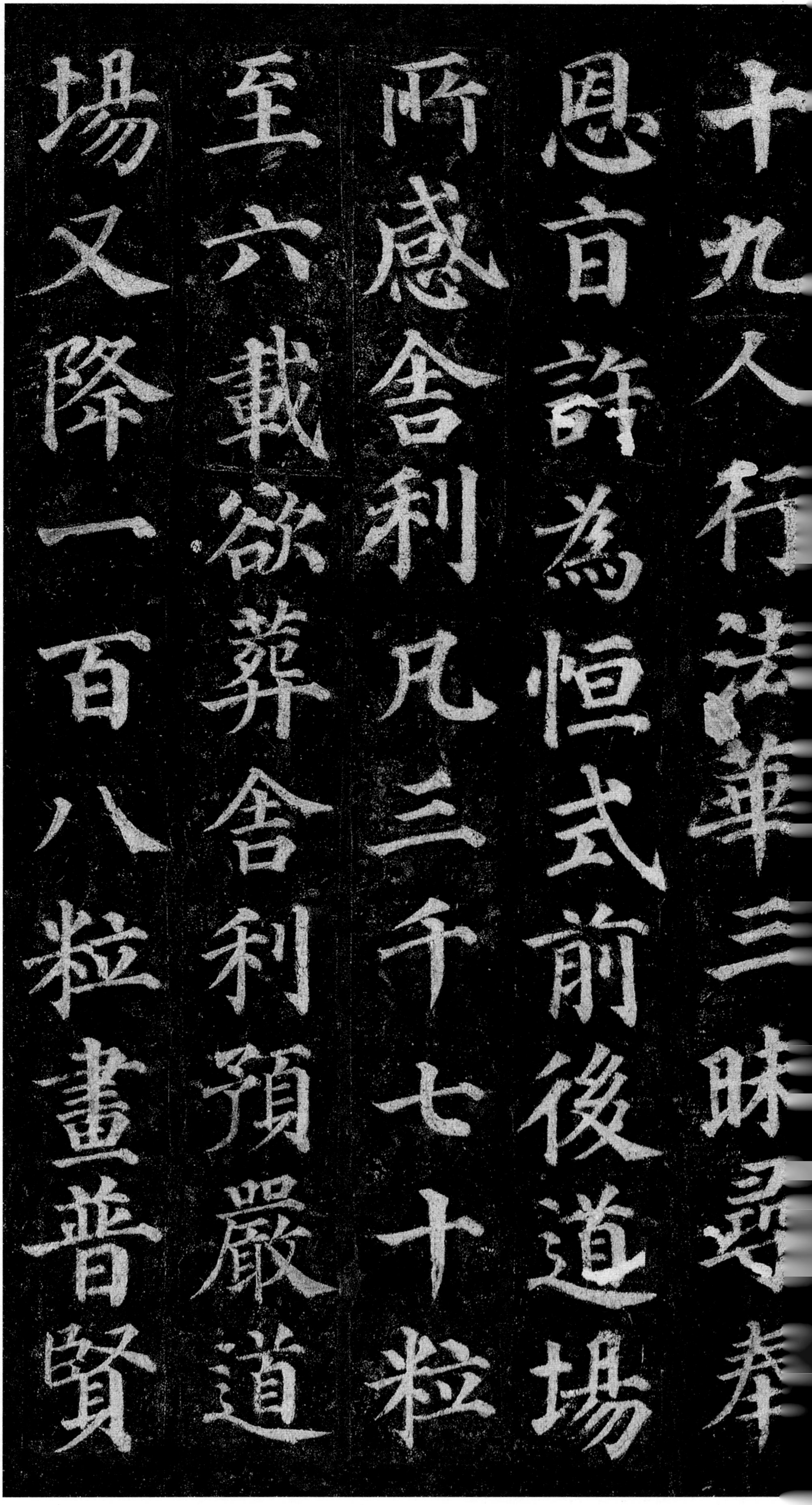

【注释】

① 阶：缘由，途径。
② 七僧：泛指佛门弟子。
③ 聿怀：忠实，一心一意。
④ 香烟：香火。
⑤ 没身：终生。
⑥ 三载：天宝三年（744）。
⑦ 同行大德：同修行的高僧。
⑧ 法华三昧：又作法华忏法，即依据《法华经》而修之法，以二十一日为一期，行道诵经。
⑨ 寻：不久。
⑩ 恩旨：恩典，帝王给予臣民的恩惠。
⑪ 恒氏：常法。
⑫ 道场：指佛教跟道教做法事的场所，亦指所做的法事。
⑬ 预严：事前准备时。

變於筆鋒上聯得一十九
粒莫不圓體自動浮光瑩
然禪師無我觀身了空求
法先刺血寫法華經一部
菩薩戒一卷觀普賢行經
一卷乃取舍利三千粒盛

变[1] 于笔锋上联得一十九粒 莫不圆体自动[2] 浮光莹然[3] 禅师无我[4] 观身[5] 了空[6] 求法 先刺血[7] 写法华经一部 菩萨戒一卷 观普贤行经一卷 乃取舍利三千粒 盛以石函[8] 兼造自身石影[9] 跪而戴[10]之 同置塔下 表至敬也 使[11]夫舟迁夜壑[12] 无变度门[13] 劫[14]算[15]墨尘[16] 永垂贞范[17] 又奉[18]为主上及苍生写妙

以石函兼造自身石影跪
而戴之同置塔下表至敬
也使夫舟遷夜壑無變度
門劫筭墨塵永垂貞範又
奉為主上及蒼生寫妙

【注释】

① 变：经变，指根据佛经故事所作的绘画、雕刻或说唱文学，用以宣传教义。
② 圆体自动：圆润灵动。
③ 莹然：光洁的样子。
④ 无我：佛教谓世界上不存在实体的自我。
⑤ 观身：观照自身。
⑥ 了空：了知我体乃五蕴之假和合者，称为我空。
⑦ 刺血：刺取自身血液作墨。
⑧ 石函：石制的匣子。
⑨ 石影：石像。
⑩ 戴：顶在头顶上。
⑪ 使：即使。
⑫ 舟迁夜壑：喻事物的变化。
⑬ 度门：指佛法。
⑭ 劫：古印度用于表示极大时限的时间单位，佛教沿之。
⑮ 筭：计算。
⑯ 墨尘：灰尘。
⑰ 贞范：典范。
⑱ 奉：敬辞。

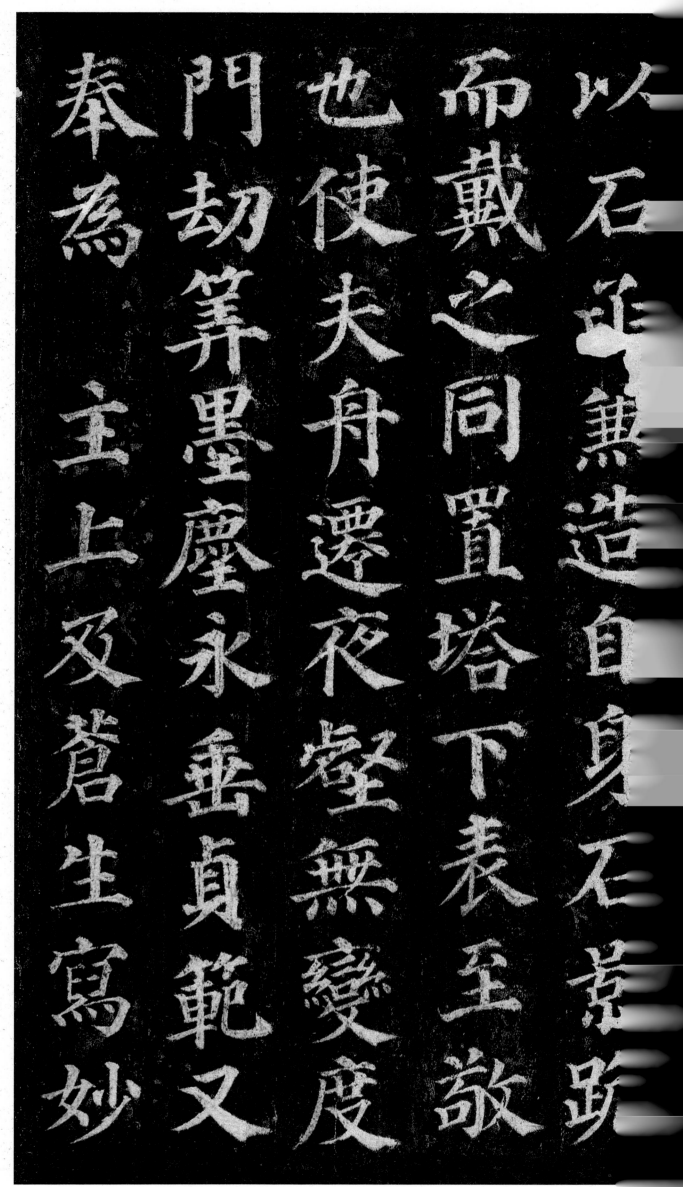

法莲华经一千部 金字①三十六部 用镇宝塔 又写一千部 散施受持② 灵应③既多 具④如本传⑤ 其载 敕内侍吴怀实赐金铜香炉 高一丈五尺 奉表陈谢⑥ 手诏⑦批⑧

云 师弘济⑨之愿 感达人天 庄严之心 义成因果⑩ 则法施⑪财施⑫ 信所宜先也 主上握至道⑬之灵符⑭ 受如来之法印⑮ 非禅师大慧超悟⑯

【注释】

① 金字：以金粉抄经。

② 受持：佛教语。领受并力行。

③ 灵应：灵验。

④ 具：同“俱”，完全。

⑤ 本传：指列于史书的楚金禅师传记。

⑥ 陈谢：表示谢意。

⑦ 手诏：帝王亲手写的诏书。

⑧ 批：批复。

⑨ 弘济：弘法济世。

⑩ 因果：佛教指今生种因，来生结果。

⑪ 法施：指宣说教法，利益众生。

⑫ 财施：不犯他人财物，且以己财，如衣服、饮食、田宅、珍宝等物质施与他人。

⑬ 至道：至善至美之道。

⑭ 灵符：上天的符命。

⑮ 法印：佛教语。判定佛法的标准。

⑯ 大慧超悟：不同寻常的智慧和觉悟。

無以感於宸衷非主
上至聖文明無以鑒於誠
願倬彼寶塔爲章梵宮經
始之功真僧是葺克成之
業聖主斯崇爾其爲狀
也則岳聳蓮披雲垂盖偃

无以感于宸衷① 非主上至圣文明② 无以鉴于诚愿 倬③ 彼宝塔 为章④ 梵宫⑤ 经始⑥ 之功 真僧⑦ 是葺⑧ 克成⑨ 之业 圣主斯崇⑩ 尔其⑪ 为状⑫ 也 则岳耸⑬ 莲披⑭ 云垂⑮ 盖偃⑯ 下欻崛⑰ 以踊地⑱ 上亭盈⑲ 而媚空⑳ 中㉑ 晻晻㉒ 其静深㉓ 旁赫赫㉔ 以弘敞㉕ 礝碱㉖ 承陛㉗ 琅玕㉘ 綷㉙ 槛 玉瑱㉚ 居楹㉛ 银黄㉜ 拂户 重檐叠于画栱㉝ 反宇㉞ 环其

【注释】

① 宸衷：帝王的心意。
② 文明：文德辉耀。
③ 倬（zhuō）：高大。
④ 章：同“彰”，彰明。
⑤ 梵宫：佛寺。
⑥ 经始：开始营建。
⑦ 真僧：戒律精严的和尚。
⑧ 葺（qì）：修建。
⑨ 克成：实现。
⑩ 崇：盛隆。
⑪ 尔其：至于，至如。
⑫ 状：形状。
⑬ 岳耸：高山耸峙。
⑭ 莲披：莲瓣绽放。
⑮ 云垂：流云垂挂。
⑯ 盖偃：华盖覆张。
⑰ 欻（xū）崛：形容突然高立。
⑱ 踊地：高出地面。
⑲ 亭盈：形容高而美好。
⑳ 媚空：妆点天空。
㉑ 中：指塔内。
㉒ 晻晻（yǎn yǎn）：形容幽暗。
㉓ 静深：静穆幽深。
㉔ 赫赫：形容显著。
㉕ 弘敞：宽敞恢弘。
㉖ 礝䃭（ruǎn qì）：玉石台阶。礝，次于玉的美石。䃭，通“砌”。
㉗ 陛：高台阶。
㉘ 琅玕（gān）：似玉的美石。
㉙ 綷：聚集。
㉚ 瑱（tiàn）：美玉 。
㉛ 楹：楹柱。
㉜ 银黄：白银和黄金。
㉝ 画栱：有画饰的斗拱。斗拱是中国木构架建筑的关键性部件，在横梁和立柱之间挑出的承重。
㉞ 反宇：屋檐上仰起的瓦头。

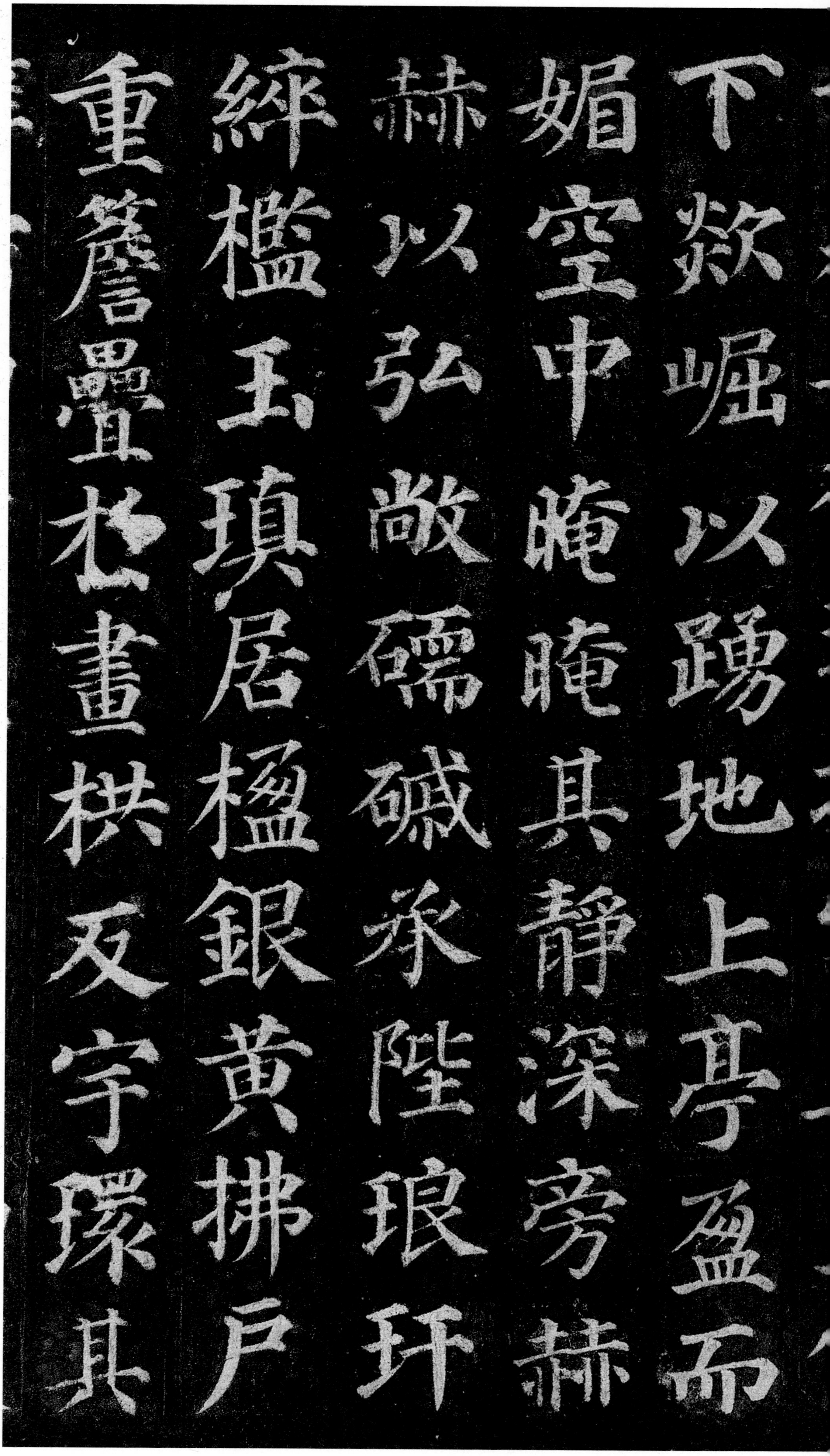

辟瓃坤靈贔屭以負砌天
祇儼雅而翊戶或復肩挐
摯鳥肘擐脩虵冠盤巨龍
帽抱猛獸勃如戰色有奭
其容窮繪事之筆精選朝
英之偈賛若乃開扃鐍窺

璧珰① 坤灵② 赑屃③ 以负砌 天祇④ 俨雅⑤ 而翊⑥ 户 或复肩挐⑦ 挚鸟⑧ 肘擐⑨ 修蛇⑩ 冠盘巨龙 帽抱猛兽 勃⑪ 如战色⑫ 有奭⑬ 其容 穷绘事⑭ 之笔精⑮ 选朝英⑯ 之偈赞⑰ 若乃开扃镝⑱ 窥奥秘 二尊⑲ 分座 疑对鹫山⑳ 千帙发题㉑ 若观龙藏㉒ 金碧炅晃㉓ 环珮葳蕤㉔ 至于列三乘㉕ 分八部㉖ 圣徒翕习㉗ 佛事㉘ 森罗 方寸千名㉙ 盈尺万象

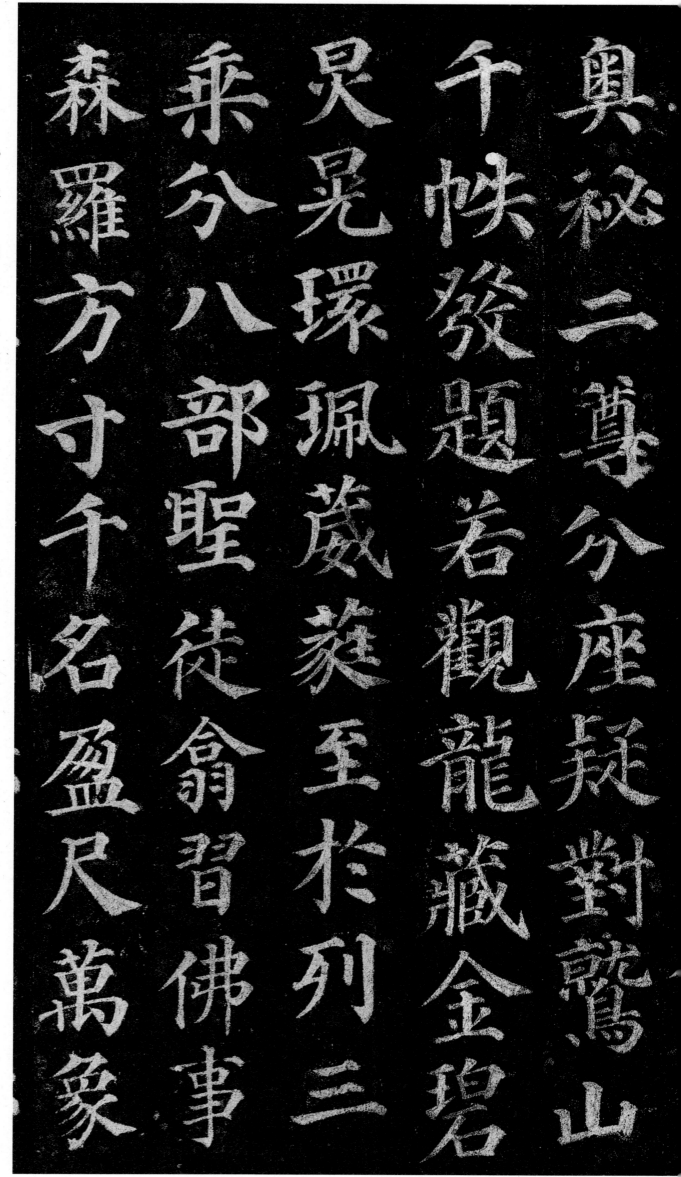

奧祕二尊分座疑對鷲山千帙發題若觀龍藏金碧炅晃環珮葳蕤至於列三乘分八部聖徒翕習佛事森羅方寸千名盈尺萬象

【注释】

①璧珰：屋椽的装饰。
②坤灵：地神。
③赑屃（bì xì）：神兽。此处形容壮猛有力。
④天祇（qí）：此指天神。
⑤俨雅：庄重优雅。
⑥翊（yì）：辅弼，此处指护卫。
⑦拏（qiá）：捉。
⑧挚鸟：凶猛的鸟，如鹰隼。挚，通“鸷”。
⑨擐（huàn）：系，绕。
⑩修蛇：巨蛇。
⑪勃：变色。
⑫战色：上阵杀敌的神色。
⑬奭（shì）：盛大。
⑭绘事：绘画的能事。
⑮笔精：神妙的笔墨。
⑯朝英：朝廷的精英。
⑰偈赞：颂扬的偈语。
⑱扃鐍（jiōng jué）：门闩锁钥。
⑲二尊：此指释迦佛与多宝佛。
⑳鹫山：灵鹫山，佛曾经居此讲法。
㉑发题：指阐发佛法之文。
㉒龙藏：指大乘经典。
㉓炅（jiǒng）晃：辉煌。
㉔葳蕤（wēi ruí）：华美。
㉕三乘：指声闻乘、缘觉乘、菩萨乘，喻运载众生渡越生死到涅槃彼岸之三种法门。此指修此三乘的得道者。
㉖八部：又称八部众，佛教的八类护法神。
㉗翕（xī）习：会聚。
㉘佛事：佛家的各种活动。
㉙千名：形容多种多样。

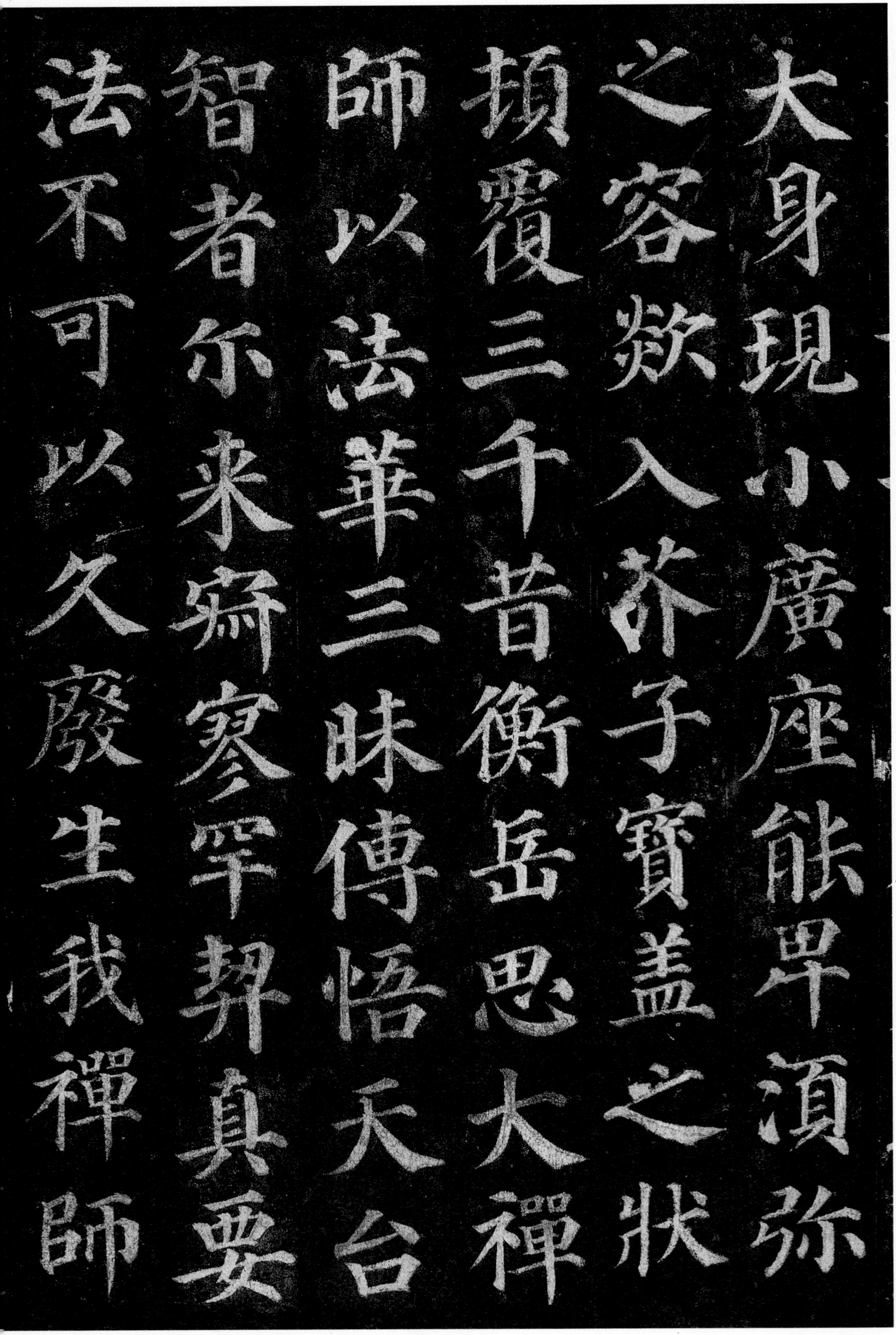

大身现小 广座①能卑 须弥②之容 欻③入芥子④ 宝盖⑤之状 顿覆三千⑥ 昔衡岳思大禅师⑦ 以法华三昧 传悟⑧天台智者⑨ 尔来寂寥 罕⑩契⑪真要⑫ 法不可以久废

生我禅师 克嗣⑬其业 继明二祖⑭ 相望⑮百年 夫其法华之教也 开玄关⑯于一念 照圆镜⑰于十方⑱ 指阴界⑲为妙门⑳ 驱尘劳㉑为法侣㉒ 聚沙能成佛道㉓ 合

克嗣其業繼明二祖相望百年夫其法華之教也開玄關於一念照圓鏡於十方指陰界為妙門驅塵勞為法侶聚沙能成佛道合

【注释】

① 广座：高座。
② 须弥：古印度神话中的名山。
③ 欻（xū）：迅速。
④ 芥子：芥菜的种子。比喻小。
⑤ 宝盖：佛道或帝王仪仗等的伞盖。
⑥ 三千：指三千大千世界。
⑦ 衡岳思大禅师：指慧思禅师。俗姓李，南北朝时高僧，入住南岳衡山。
⑧ 传悟：传授佛法并使其开悟。
⑨ 天台智者：天台宗智顗（538—597），隋代荆州华容（今湖北省公安县）人。天台，指天台宗，中国佛教宗派之一，为智顗创立，因住天台山，故名“天台宗”。
⑩ 罕：很少。
⑪ 契：契合。
⑫ 真要：真谛要义。
⑬ 克嗣：能够继承。
⑭ 二祖：指慧思、智顗两位禅师。
⑮ 相望：相距。
⑯ 玄关：佛教称入道的法门。
⑰ 圆镜：大圆镜智，能如实映现一切法之佛智。此种佛智，如大圆镜之可映现一切形象。
⑱ 十方：四方、四维、上下之总称。佛教主张十方有无数世界及净土。
⑲ 阴界：指“五蕴”与“十八界”。
⑳ 妙门：指领悟精微教理的门径。
㉑ 尘劳：世俗事务的烦恼。
㉒ 法侣：道友。
㉓ 聚沙能成佛道：喻与佛结善缘者都可成佛。

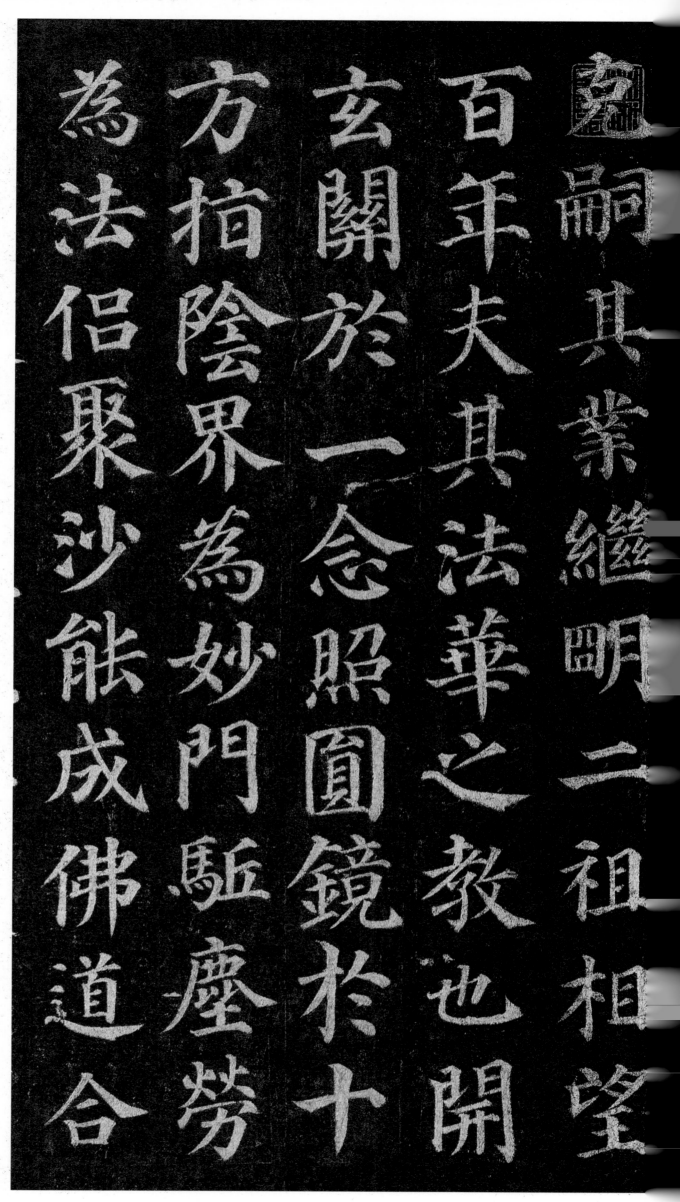

掌已入聖流三乘教門總
而歸一八萬法藏我爲最
雄譬猶滿月麗天螢光列
宿山王映海蟻垤羣峰嗟
乎三界之沉寐久矣佛以
法華爲木鐸惟我禪師超

掌[1]已入圣流[2] 三乘教门[3] 总而归一 八万法藏[4] 我[5]为最雄 譬犹[6]满月丽天 萤光[7]列宿[8] 山王[9]映海 蚁垤[10]群峰 嗟乎 三界[11]之沉寐[12]久矣 佛以法华为木铎[13] 惟我禅师 超然[14]深悟 其兒[15]也 岳渎[16]之秀 冰雪之姿 果唇[17]贝齿[18] 莲目[19]月面[20] 望之厉 即之温 睹相[21]未言 而降伏[22]之心已过半矣 同行禅师抱玉 飞锡[23] 袭[24]

【注释】

① 合掌：佛教徒合两掌于胸前，表示虔敬。

② 圣流：喻佛徒。

③ 教门：指佛的教法。教法是入道的门户，故称。

④ 八万法藏：指“八万四千法藏”。八万，言极多。法藏，佛所说的教法。佛法含藏着无量的妙义，故称。

⑤ 我：指《法华经》。

⑥ 譬犹：譬如。

⑦ 萤光：萤火虫之光。

⑧ 列宿：群星。

⑨ 山王：佛教谓山之最高者，在诸山中为王。

⑩ 蚁垤（dié）：蚁穴外隆起的小土堆。

⑪ 三界：佛教指众生所居的欲界、色界和无色界。

⑫ 沉寐：沉睡。

⑬ 木铎：以木为舌的大铃，铜质，古代宣布政教法令时，巡行振鸣以召集群众。

⑭ 超然：高超出众。

⑮ 皃：同“貌”。

⑯ 岳渎：五岳和四渎（江、河、淮、济）的并称。

⑰ 果唇：唇红如果。

⑱ 贝齿：齿白如贝。

⑲ 莲目：目如莲花之瓣。

⑳ 月面：面如满月。

㉑ 睹相：见面。

㉒ 降伏：折服。

㉓ 抱玉、飞锡：或指唐朝两位高僧。

㉔ 袭：跟随。

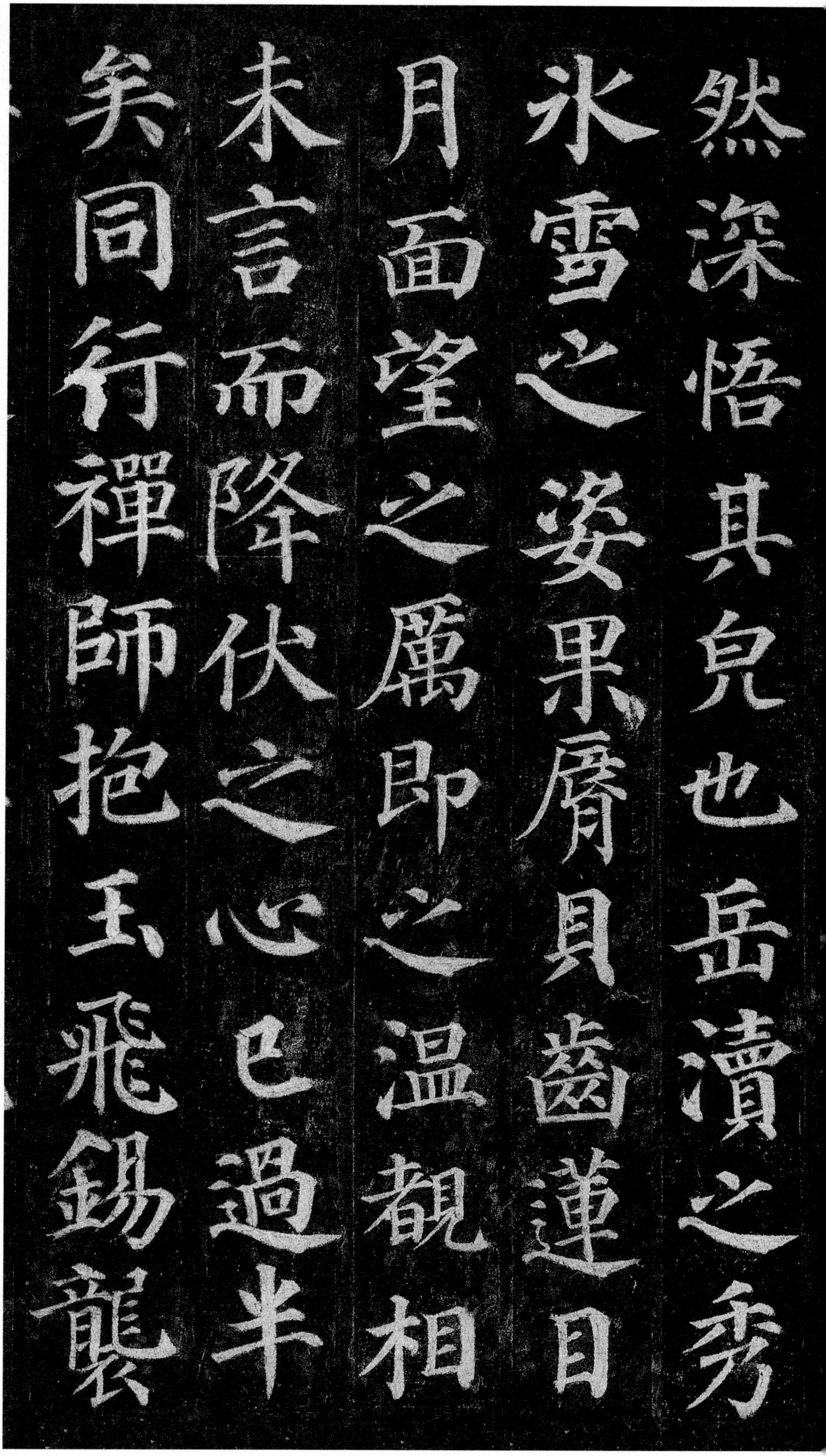

衡台之秘躅傳止觀之精
義或名高帝選或行密
衆師共弘開示之宗盡契
圓常之理門人苾蒭如巖
靈悟淨真真空法濟等以
定慧為文質以戒忍為剛

衡台[1]之秘躅[2] 传止观[3]之精义[4] 或名高帝选[5] 或行密[6]众师 共弘开示[7]之宗 尽契圆常之理[8] 门人苾刍 如岩 灵悟 净真 真空 法济等 以定慧[9]为文质[10] 以戒忍[11]为刚柔 含朴玉[12]之光辉 等旃檀[13]之围绕 夫发行[14]者因 因圆[15]则福广 起因者相[16] 相遣[17]则慧深[18] 求无为[19]于有为[20] 通解脱[21]于文字 举事征理 含毫[22]

【注释】

① 衡台：衡山和天台山，指慧思和智𫖮禅师。

② 秘躅（zhú）：隐秘的足迹。

③ 止观：天台宗修行法门之一。天台宗创始人智𫖮著有《摩诃止观》《童蒙止观》等书，此即指之。

④ 精义：精深微妙的义理。

⑤ 帝选：皇帝钦选。

⑥ 行密：修行精密。

⑦ 开示：高僧为弟子及信众说法。

⑧ 圆常之理：即天台宗所说幽远玄妙之教。圆者，完全圆满之意；常者，常住不灭之意。

⑨ 定慧：禅定与智慧。

⑩ 文质：文采和本质。此指内外兼修。

⑪ 戒忍：持戒与忍辱。

⑫ 朴玉：璞玉，包在石中而尚未雕琢之玉。指价值尚未体现。

⑬ 旃（zhān）檀：檀香。

⑭ 发行：引发行动。

⑮ 圆：圆满。

⑯ 相：依缘而起的事相。

⑰ 遣：舍弃。

⑱ 慧深：佛教认为，舍弃依因缘起的事相，能证得圆成实的理性。

⑲ 无为：没有生灭的真如实相。

⑳ 有为：佛教语。指有为法。

㉑ 解脱：佛教指摆脱苦恼，得到自在。

㉒ 含毫：含笔于口中。比喻构思为文。

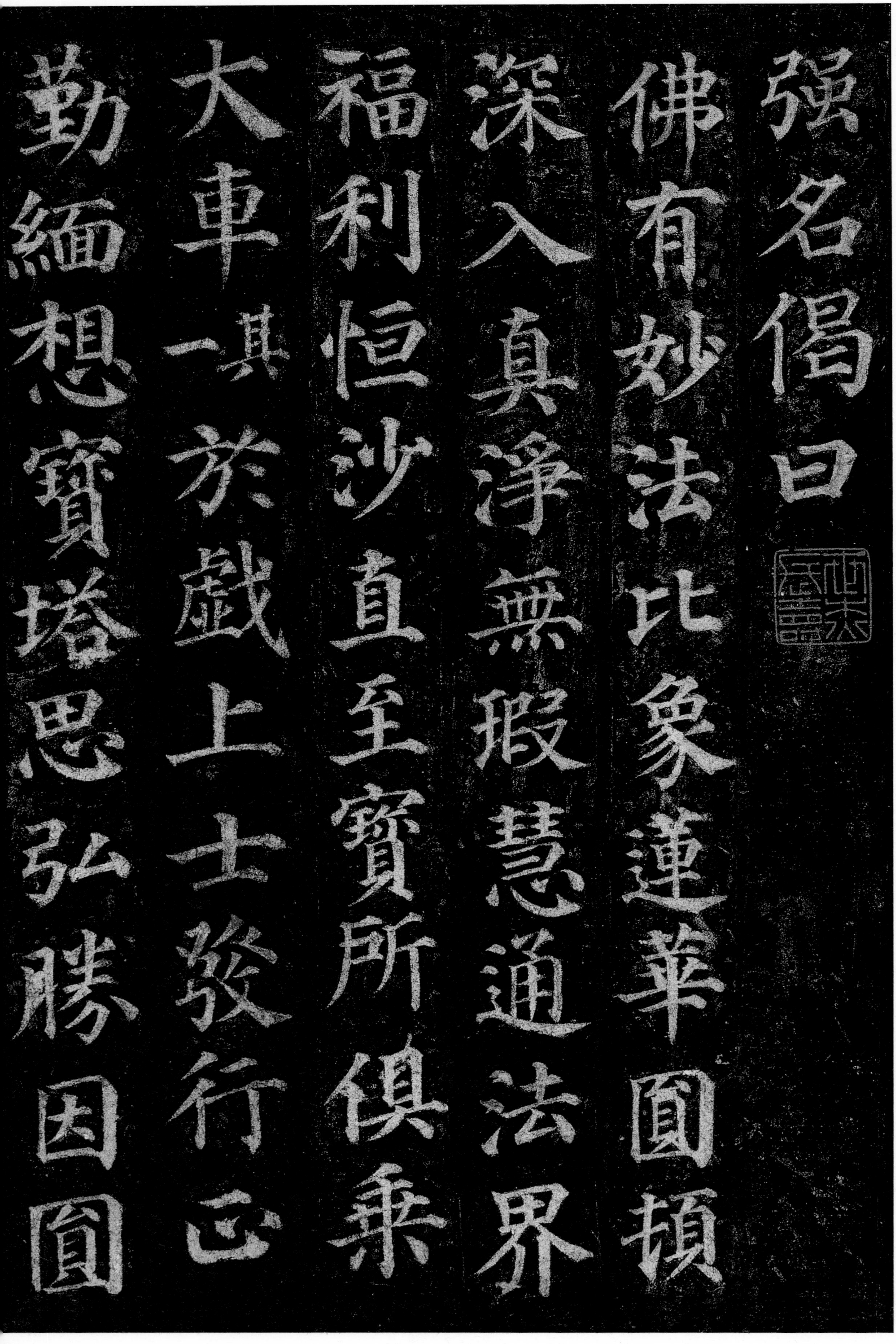
強名偈曰
佛有妙法比象蓮華圓頓
深入真淨無瑕慧通法界
福利恒沙直至寶所俱乘
大車其一於戲上士發行正
勤緬想寶塔思弘勝因圓

强名① 偈② 曰 佛有妙法 比象③ 莲华 圆顿④ 深入 真净⑤ 无瑕 慧通法界⑥ 福利恒沙⑦ 直至宝所⑧ 俱乘大车⑨ 其一 於戏上士⑩ 发行⑪ 正勤 缅想⑫ 宝塔 思弘胜因⑬ 圆阶⑭ 已就 层覆⑮ 初陈 乃昭⑯ 帝梦 福应天人 其二 轮奂⑰ 斯崇 为章净域⑱ 真僧草创 圣主增饰 中座眈眈⑲ 飞檐翼翼 荐臻⑳ 灵感㉑ 归我帝

【注释】

① 强名：勉强为之。

② 偈：颂，佛经中的唱词。

③ 比象：譬喻。

④ 圆顿：圆满无缺。

⑤ 真净：谓如来所证之法，真实清净。

⑥ 法界：佛教语。通常泛称各种事物的现象及其本质。

⑦ 恒沙：像恒河的沙粒一样，无法计算。形容数量很多。

⑧ 宝所：佛教语。本谓藏珍宝之所，喻指涅槃，谓自由无碍的境界。

⑨ 大车：喻《法华经》之大乘无上妙法，可救度众生出三界火宅。

⑩ 上士：佛经中对菩萨的称呼，此指楚金禅师。

⑪ 发行：发愿与修行。

⑫ 缅想：遥想。

⑬ 胜因：佛教语。善因。

⑭ 圆阶：指宝塔的台阶。

⑮ 层覆：指高塔的塔顶。

⑯ 昭：显示。

⑰ 轮奂：形容建筑物的高大华美。

⑱ 净域：诸佛之净土。

⑲ 眈眈：又作“耽耽”，宫屋深邃。

⑳ 荐臻：接连来到。

㉑ 灵感：灵通感应。

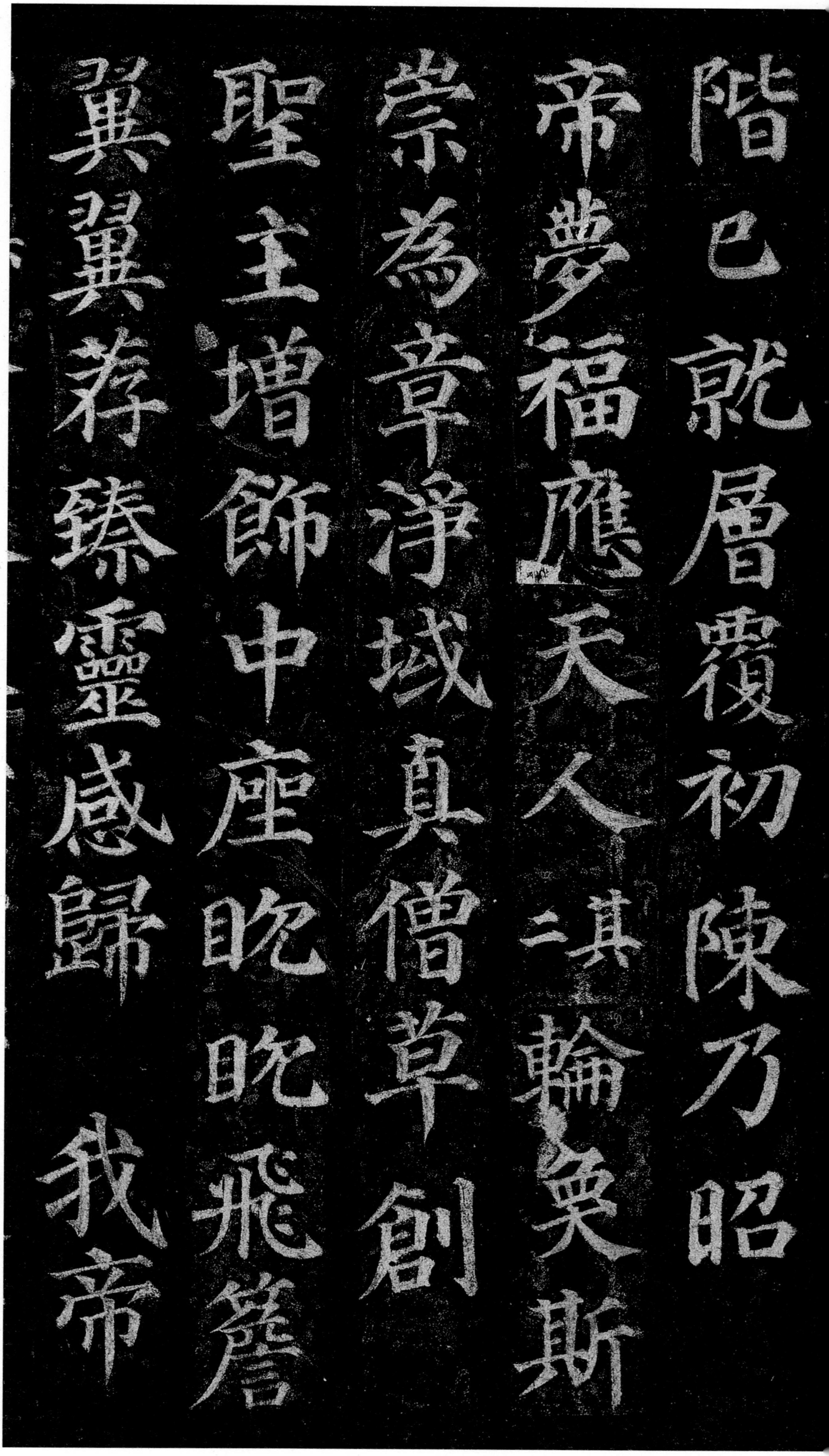

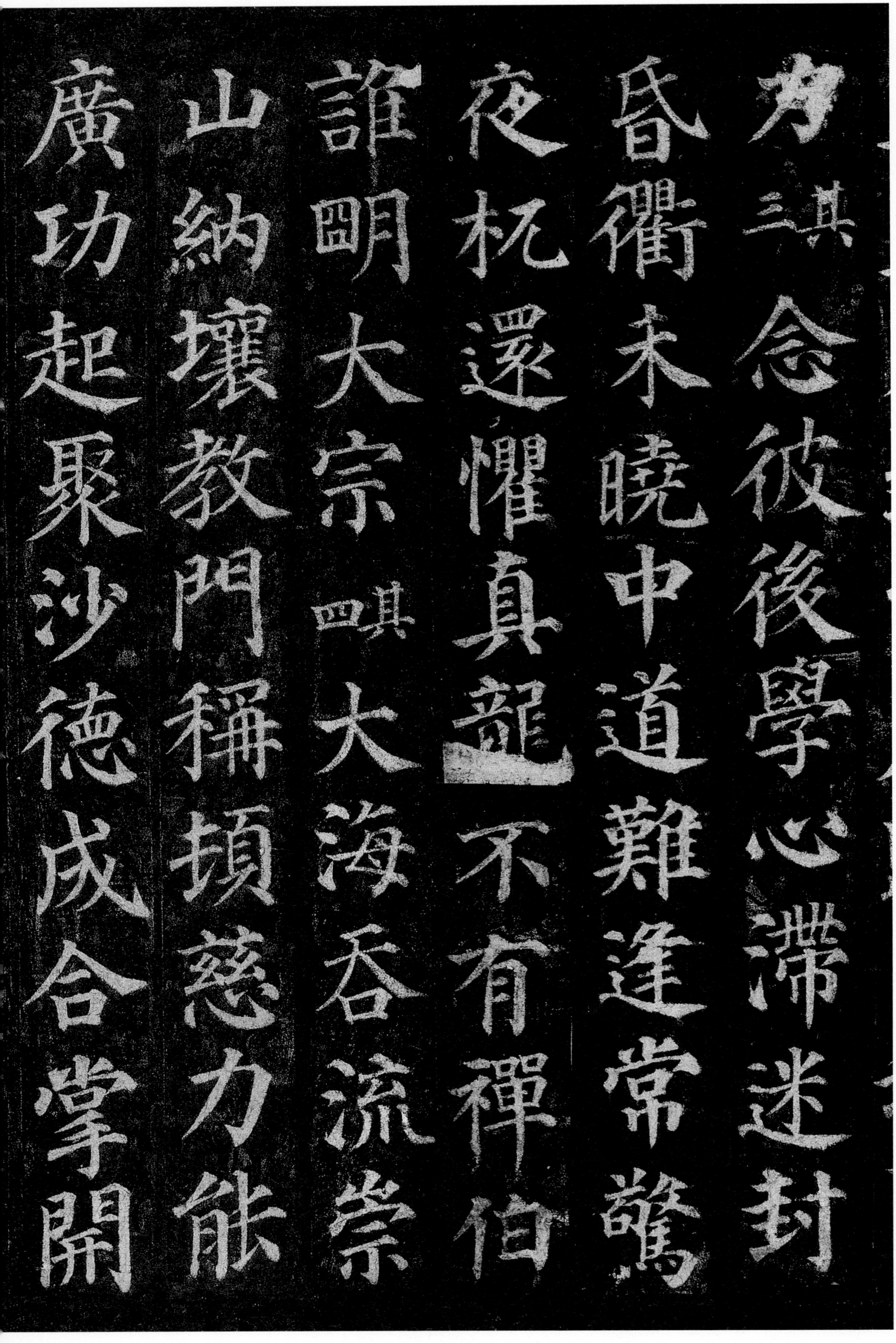

力 其三 念①彼后学 心滞②迷封③ 昏衢④未晓 中道⑤难逢 常惊夜杌⑥ 还惧真龙 不有禅伯⑦ 谁明大宗⑧ 其四 大海吞流 崇山纳壤 教门称顿⑨ 慈力能广 功起聚沙 德成合掌 开佛知见⑩ 法为无上 其五 情尘⑪虽杂 性海⑫无漏 定养圣胎⑬ 染⑭生迷毂⑮ 断常⑯起缚⑰ 空色⑱同谬 薝蔔⑲现前⑳ 余香何嗅 其六 彤彤㉑法宇㉒ 繄㉓我四依 事

【注释】

① 念：常思。
② 滞：凝积。
③ 封：密闭。
④ 昏衢（qú）：昏暗的大道。
⑤ 中道：大乘诸宗谓无差别、无偏倚的至理。
⑥ 杌（wù）：树木无枝丫。
⑦ 禅伯：对有道僧人的尊称。
⑧ 大宗：本原。
⑨ 顿：速疾成就所求之法。一念开悟，便能顿入佛位，顿足佛法，这是天台宗的宗旨。
⑩ 佛知见：指与佛相同的见识与判断力。
⑪ 情尘：指情爱，情欲。佛教视情欲若尘垢，故称。
⑫ 性海：佛教语。指真如之理性深广如海。
⑬ 圣胎：指成佛的基础。
⑭ 染：染垢染污，不洁不净。指执着之妄念及所执之事物。
⑮ 鷇（kòu）：初生的小鸟。
⑯ 断常：佛教语。断见与常见，都是偏见。
⑰ 起缚：生出束缚。
⑱ 空色：无形曰空，有形曰色。
⑲ 薝蔔（zhān bo）：香树名。又作占婆、瞻匐等。
⑳ 现前：出现于眼前。
㉑ 形形：通红。
㉒ 法宇：寺院。
㉓ 繄（yī）：文言助词，惟。

該理暢玉粹金輝慧鏡無
垢慈燈照微空王可託本
願同歸 其七
天寶十一載歲次壬辰
四月乙丑朔廿二日戊
戌建
勑檢校塔使正

该①理畅 玉粹②金辉 慧镜③无垢 慈灯④照微 空王⑤可托 本愿⑥同归 其七 天宝十一载 岁次⑦壬辰 四月乙丑朔廿二日戊戌建 敕检校塔使⑧ 正议大夫 行内
侍赵思侃 判官⑨ 内府丞车冲 检校僧⑩ 义方 河南史华刻

【注释】

①该：完备。

②玉粹：像玉一样的纯美。

③慧镜：佛教语。谓智慧能照物如镜，故称。

④慈灯：喻佛法。

⑤空王：佛的尊称。佛说世界一切皆空，故称。

⑥本愿：本心，初心。

⑦岁次：指每年岁星所值的星次与其对应的干支。

⑧检校塔使：监督建塔的特使。

⑨判官：此指塔使的僚属。

⑩检校僧：僧官名。此指多宝塔的设计者与监造者。

《多宝塔碑》原文及译文

注：下划线字词注释对应页码

大唐西京千福寺多宝佛塔感应碑文 P2

南阳岑勋撰。 P2

朝议郎、判尚书武部员外郎、琅邪颜真卿书。 P2

朝散大夫、检校尚书都官郎中、东海徐浩题额。 P2

南阳岑勋撰文。

朝议郎、判尚书武部员外郎、琅琊颜真卿书丹。

朝散大夫、检校尚书都官郎中、东海徐浩题写碑额。

粤《妙法莲华》，诸佛之秘藏也；多宝佛塔，证经之踊现也。发明资乎十力，弘建在于四依。 P2 P2

《妙法莲华经》，是佛家深奥隐秘的大乘法门；多宝佛塔，为印证佛经的玄妙而突现人间。创立妙法必须仰仗佛祖的“十力”之智，建塔弘法却要法师们的“四依”之行。

有禅师法号楚金，姓程，广平人也。祖父并信著释门，庆归法胤。母高氏，久而无妊，夜梦诸佛，觉而有娠。是生龙象之征，无取熊罴之兆。诞弥厥月，炳然殊相。岐嶷绝于荤茹，髫龀不为童游。道树萌牙，耸豫章之桢干；禅池畎浍，涵巨海之波涛。年甫七岁，居然厌俗，自誓出家。礼藏探经，《法华》在手。宿命潜悟，如识金环；总持不遗，若注瓶水。九岁落发，住西京龙兴寺，从僧箓也。进具之年，升座讲法。顿收珍藏，异穷子之疾走；直诣宝山，无化城而可息。 P2、P4 P4 P4 P4、P6 P6 P6

有位法号楚金的禅师，俗姓程，河北广平人。他的祖父和父亲都信仰佛教，先后皈依了佛门。他的母亲高氏，多年不孕，有天夜里梦见了众佛，醒来发现有了身孕。这是生高僧的迹象，而不是生勇士贤臣的征兆啊！楚金足月出生，天生相貌与众不同。六七岁时就拒绝食用荤腥，少年时也不做儿童的游戏。就像菩提之树的萌芽，必会耸立起豫樟般挺秀的高木；禅院之池的小溪，将能酝酿大海那汹涌的波涛。楚金刚刚七岁，居然已厌弃红尘俗世，自己发誓要出家。他虔诚地钻研佛家经藏，尤其对《法华经》爱不释手。他对佛法的领悟，如同前世就已明了；他传习佛法毫无遗漏，就像往瓶中注水。九岁时楚金剃度落发，住在长安的龙兴寺，正式成为在册的僧人。在受具足戒的那年，年仅二十岁的楚金禅师就开始登座讲法了。他顿悟佛法之精华，不必像众生那样经几番引导才明真相；他直登大乘佛法之宝顶，不为小乘境界耽误修行的进程。

尔后，因静夜持诵，至《多宝塔品》，身心泊然，如入禅定。忽见宝塔，宛在目前，释迦分身，遍满空界。行勤圣现，业净感深。悲生悟中，泪下如雨。遂布衣一食， P6 P6

P8 不出户庭。期满六年，誓建兹塔。既而许王瓘及居士赵崇、信女普意，善来稽首，
P8 咸舍珍财。

后来，楚金禅师在静夜诵习《法华经》，诵到“见宝塔品”这一章节时，身心恬淡无欲，就像进入禅定。恍惚中出现一座玲珑宝塔，宛然就在眼前，释迦牟尼佛的化身，遍布周围。这真是勤奋修行故而圣像显现，恶业净除因此感通圣灵啊！楚金禅师由此顿悟，不禁悲从中来，泪如雨下。从此，他就只穿粗布僧衣，每天只在午前吃一顿斋饭，足不出户。时满六年之后，楚金禅师立誓要建起禅定中所见的多宝佛塔。不久，许王李瓘及居士赵崇、善女普意等人来拜谒楚金禅师，他们全都施舍珍宝财物作为支持。

P8 禅师以为辑庄严之因，资爽垲之地，利见千福，默议于心。时千福有怀忍禅师，
P8 忽于中夜见有一水，发源龙兴，流注千福，清澄泛滟，中有方舟。又见宝塔，自空
P8、P10 而下，久之乃灭，即今建塔处也。寺内净人，名法相，先于其地，复见灯光。远望
P10 则明，近寻即灭。窃以水流开于法性，舟泛表于慈航；塔现兆于有成，灯明示于无尽。
P10 非至德精感，其孰能与于此？

楚金禅师认为既汇合庄严的胜因，又具备高爽干燥等条件的建塔宝地，就是千福寺，于是他在心里暗暗筹划。当时，千福寺有位怀忍禅师，忽然在一天半夜看到一条大河，从龙兴寺发源，流入千福寺，河水清澈澄静，波光闪耀，水中浮着一叶方舟。同时，还看到一座宝塔，从天上缓缓而降，良久方才消失，就在今建塔之处。千福寺的一个杂役，名叫法相，早先就在此地多次看见灯光。这些灯光远望时非常明亮，靠近了寻找却又全都消失了。我以为，大河流淌是在开示佛徒的法性，方舟浮行是在昭示佛门的普度；宝塔出现则是在预兆佛业之大成，灯光明亮则是在显示佛法的无边与永恒。若不是楚金禅师以大德精诚的意念感发，谁还能做到这样呢？

P10 及禅师建言，杂然欢惬。负畚荷插，于橐于囊。登登凭凭，是板是筑。洒以香水，
P10、P12 隐以金锤。我能竭诚，工乃用壮。禅师每夜于筑阶所，恳志诵经，励精行道。众闻天乐，
咸嗅异香，喜叹之音，圣凡相半。

等到楚金禅师提出在千福寺修建多宝佛塔的建议时，众人纷纷响应。大家背着畚箕、扛着铁锹，用袋子运土。叮叮当当，夯筑土墙。浇洒香水，挥动铁锤。僧人对佛竭尽忠诚，工匠也用尽力气。楚金禅师每天夜晚都要来到建筑工地，虔诚地诵读经书，精神振奋地宣讲佛法。众人都听到空中的诵经声，闻到了奇异的香味，似有神灵与众人一起发出赞叹之声。

P12 至天宝元载，创构材木，肇安相轮。禅师理会佛心，感通帝梦。七月十三日，
P12 敕内侍赵思侃求诸宝坊，验以所梦。入寺见塔，礼问禅师。圣梦有孚，法名惟肖。
P12 其日赐钱五十万、绢千匹，助建修也。则知精一之行，虽先天而不违；纯如之心，

当后佛之授记。昔汉明永平之日，大化初流，我皇天宝之年，宝塔斯建。同符千古，昭有烈光。于时道俗景附，檀施山积，庀徒度财，功百其倍矣。至二载，敕中使杨顺景宣旨，令禅师于花萼楼下迎多宝塔额。遂总僧事，备法仪。宸眷俯临，额书下降，又赐绢百匹。圣札飞毫，动云龙之气象；天文挂塔，驻日月之光辉。至四载，塔事将就，表请庆斋，归功帝力。时僧道四部，会逾万人。有五色云团辅塔顶，众尽瞻睹，莫不崩悦。大哉！观佛之光，利用宾于法王。 P14 P14 P14 P14、P16 P16 P16

到天宝元年（742），开始架设木材、安装相轮。楚金禅师领会到佛陀的心意，使皇帝在梦中得到感应。七月十三日，皇帝派内侍赵思侃到各个寺院寻访，验证梦中所见是否属实。当赵思侃来到千福寺，一进寺门就看到了在建的宝塔，礼拜并询问楚金禅师，皇帝梦中所见都得到印证，法号也与皇帝梦中所见相符。当天，皇帝就赐钱五十万，绢一千匹，用以资助建塔。由此可知，有了精粹专一的道行，即使先于天时行事也能不违背天意；有了纯正坚定的佛心，就可实现弥勒佛的成佛预言。当初汉明帝永平之时，佛教流入中国，到我大唐天宝之年，又修建了这座宝塔。两件事千古呼应，显扬着佛门的莫大荣耀。而此次参与的僧俗人员纷纷响应，布施的财物堆积如山，聚集的工匠、动用的资金，相比汉朝那时，功德又何止百倍啊！到天宝二年（743），皇帝又派中使杨顺景宣布圣旨，命楚金禅师在花萼楼下奉迎多宝佛塔的匾额。于是，楚金禅师总领各项佛家事宜，以完备的佛家法度礼仪隆重奉迎。皇帝的恩宠降临，赐下御笔题写的塔匾，又恩赐绢一百匹。我皇御书笔毫飞舞，升腾起云龙之气韵；天子墨宝高悬宝塔，留驻了日月之光辉。到天宝四年（745），宝塔即将竣工，楚金禅师上表请求举办庆典斋会，并将建塔大功归于皇帝的恩惠。那一天，佛门四部弟子会聚超过一万人。斋会之际，忽然有五彩云团卫护塔顶，众人争相观看，莫不惊喜异常。壮观啊！看这神奇的佛光，一切功德都归于佛祖！

禅师谓同学曰："鹏运沧溟，非云罗之可顿；心游寂灭，岂爱网之能加。精进法门，菩萨以自强不息。本期同行，复遂宿心。凿井见泥，去水不远；钻木未热，得火何阶？凡我七僧，聿怀一志，昼夜塔下，诵持《法华》。香烟不断，经声递续。炯以为常，没身不替。" P16 P16、P18 P18 P18

楚金禅师对一同修行的僧众说道："大鹏高飞苍天，不是高入云天的网罗所能阻挡的；佛心追求涅槃，岂是情网所能束缚？坚持毫不懈怠地修炼佛法，菩萨都需要自强不息。我原本就想与大家共同修行，如今可以实现我们的夙愿。须知凿井时见到了湿泥，离水已经不远；钻的木头都未发热，何从得火焰呢？所以修行要坚持不懈。凡是我佛门弟子，都要永存共同的志向，不分昼夜在宝塔下诵读《法华经》。香火不间断，经声总持续。永以为常态，终身不止息！"

自三载，每春秋二时，集同行大德四十九人，行法华三昧。寻奉恩旨，许为恒式。 P18

P18 前后道场，所感舍利凡三千七十粒。至六载，欲葬舍利，预严道场，又降一百八粒。
P20 画普贤变，于笔锋上联得一十九粒。莫不圆体自动，浮光莹然。禅师无我观身，了
P20 空求法。先刺血写《法华经》一部、《菩萨戒》一卷、《观普贤行经》一卷，乃取
P20 舍利三千粒，盛以石函，兼造自身石影，跪而戴之，同置塔下，表至敬也。使夫舟
P20 迁夜壑，无变度门；劫算墨尘，永垂贞范。又奉为主上及苍生写《妙法莲华经》
P22 一千部，金字三十六部，用镇宝塔。又写一千部，散施受持。灵应既多，具如本传。

从天宝三年（744）开始，每年春秋两季，楚金禅师就会召集同修行的高僧四十九人，举办“法华三昧”道场。不久，获得皇帝恩典，准许将此定为常法永久施行。前前后后的“法华三昧”道场，所感应得到的舍利子共有三千零七十粒。到天宝六年（747）时，计划将这些舍利子葬入宝塔，事前准备时，道场里又降下一百零八粒舍利子。在画普贤菩萨的佛经典故时，从笔锋上连得舍利子十九粒。这些舍利子无不圆润灵动，浮光温莹。楚金禅师以“无我”观照自身，以“我空”求证佛法。他先刺血抄写了《法华经》一部、《菩萨戒》一卷、《观普贤行经》一卷，又取舍利子三千粒，盛在石匣之中，同时还雕刻了自己跪着身子、头顶石匣的石像，他将这些一同放入塔下，以表示对佛陀最高的敬意。楚金禅师相信，纵然事物的变化再大，佛法也不会改变；即使历尽尘世之劫，佛陀的典范也会永传后世。他又为皇上和百姓抄写《妙法莲华经》一千部，以金粉抄写的三十六部，作为镇塔之宝。另抄写了一千部，布施给信众持诵。有关楚金禅师感应灵验的事迹尚有很多，全都记载在他的本传中。

P22 其载，敕内侍吴怀实赐金铜香炉，高一丈五尺。奉表陈谢，手诏批云：“师
P22 弘济之愿，感达人天；庄严之心，义成因果。则法施财施，信所宜先也。”主上握
P22、P24 至道之灵符，受如来之法印。非禅师大慧超悟，无以感于宸衷；非主上至圣文明，
无以鉴于诚愿。

当年，皇上还委派内侍吴怀实赐下鎏金铜香炉一座，高达一丈五尺。楚金禅师上表致谢，皇上御笔亲自批复说：“禅师弘法济世的宏愿，感天动地；庄重虔诚的心志，一定能成就佛果。因此对于‘法施’与‘财施’，都是担当得起的！”皇上是掌握着上天圣道的符命、受教于佛法的人。若非楚金禅师超常的智慧与觉悟，是无法感动帝心的；若非我皇极度圣明、文德辉耀，也不能慧识禅师虔诚的宏愿。

P24 倬彼宝塔，为章梵宫。经始之功，真僧是葺，克成之业，圣主斯崇。尔其为状也，
P24 则岳耸莲披，云垂盖偃。下欻崛以踊地，上亭盈而媚空，中晻晻其静深，旁赫赫以
P24、P26 弘敞。礝碱承陛，琅玕䌫槛，玉瑱居楹，银黄拂户。重檐叠于画栱，反宇环其璧珰。
P26 坤灵赑屃以负砌，天祇俨雅而翊户。或复肩挐挚鸟，肘擐修蛇，冠盘巨龙，帽抱猛兽，
P26 勃如战色，有奭其容。穷绘事之笔精，选朝英之偈赞。若乃开扃𫔎，窥奥秘。二尊
P26 分座，疑对鹫山；千帙发题，若观龙藏。金碧炅晃，环珮葳蕤。至于列三乘，分八

部。圣徒翕习，佛事森罗。方寸千名，盈尺万象。大身现小，广座能卑。须弥之容， P26、P28
欻入芥子；宝盖之状，顿覆三千。 P28

这座宝塔雄伟壮丽，彰明了佛寺的庄严神圣。最初的功绩，在于高僧的发愿修葺，而实现这一盛举，则仰赖圣主的隆恩。至于宝塔的形状，如高山耸峙，莲瓣绽放，流云垂挂，华盖覆张。从下面看，它高耸入云，拔地而起；往上面看，它亭亭盈盈，妆点天空；塔内幽光暗淡，静穆而幽深；塔周整饬显赫，宽敞而恢弘。玉阶连着高台，美石点缀栏杆，楹柱镶嵌着美玉，窗户装饰着金银。彩饰的斗拱上，层层重檐叠架；精美的屋椽上，玉制瓦当环列。地神们壮猛有力，承负塔身；天神们庄重优雅，辅佑门户。他们有的肩膀上驾着挚鸟，有的肘臂上绕着长蛇，有的头上盘着巨龙，有的帽子上装饰着猛兽，威风凛凛如同上阵杀敌，气象庞大。精妙的笔墨，穷尽了绘画之能事；颂扬的偈语，出自于当朝之精英。至于开门入塔，窥寻塔中奥秘：只见释迦佛与多宝佛分坐莲花宝座，似乎面对着灵鹫山讲经说法。千卷阐发佛法的经文，仿佛陈列在龙宫的大乘经藏。佛像金碧辉煌，佩饰华美，全都光彩夺目。三乘得道者、八大护法神分列，圣僧会聚，各种佛事罗列在前。方寸之间可现千种名物，盈尺之地却具万般景象。佛祖的大身被缩小，高大的法座被变矮。须弥山何其大，却能突然嵌入一粒小小的菜籽之中；宝伞之盖如此小，却可一下子覆盖三千大千世界。

昔衡岳思大禅师，以法华三昧传悟天台智者。尔来寂寥，罕契真要。法不可以 P28
久废，生我禅师，克嗣其业。继明二祖，相望百年。 P28

从前，衡岳的慧思大禅师，将“法华三昧”传授给天台宗的智𫖮禅师，并使其开悟。可惜从那以后，天台宗人才寥落，很少有人能契合佛法的真谛。佛法不可长久荒废，因而天生楚金禅师，来承续天台宗的基业。他承继慧思、智𫖮二位宗师，相距已有百年。

夫其《法华》之教也，开玄关于一念，照圆镜于十方。指阴界为妙门，驱尘劳 P28
为法侣。聚沙能成佛道，合掌已入圣流。三乘教门，总而归一；八万法藏，我为最雄。 P28、P30
譬犹满月丽天，萤光列宿；山王映海，蚁垤群峰。 P30

那《法华经》的研习方法，关键在于一动念间顿悟入道法门，如一块圆镜映现十方净土。它指明“五蕴”“十八界”乃是悟佛门径，将世俗烦恼当作修佛同道。点滴的积累通向成佛的大道，双手合掌便已加入圣教。三乘佛法，归为一乘；八万教法，此经称雄。好比圆月播光于青天，群星便黯若萤火；极峰落影于大海，众山就渺如蚁堆。

嗟乎！三界之沉寐久矣。佛以《法华》为木铎，惟我禅师，超然深悟。其皃也， P30
岳渎之秀，冰雪之姿。果唇贝齿，莲目月面。望之厉，即之温。睹相未言，而降伏 P30
之心已过半矣。

唉！三界众生已经沉睡得太久了！佛陀以《法华经》作为醒世的法铃，只有楚金禅师高超出众，领悟到佛陀的深意。楚金禅师的容貌，像山水一般俊秀，又像冰雪一般白净。唇如果红，齿如贝白，眼若莲瓣，面若圆月。他看上去很严肃，接近了才知道很温和。见面还未开口交谈，心就已折服大半了。

P30、P32 同行禅师抱玉、飞锡，袭衡台之秘躅，传止观之精义。或名高帝选，或行密众
P32 师。共弘开示之宗，尽契圆常之理。门人苾刍、如岩、灵悟、净真、真空、法济等，
P32 以定慧为文质，以戒忍为刚柔。含朴玉之光辉，等旃檀之围绕。

与楚金禅师一同修行的抱玉、飞锡禅师，跟随慧思、智𫖮禅师当年隐秘的足迹，传承"止观"那精深微妙的义理。后来，他们有的因名高望重被皇上钦选，有的因修行精密成为僧众的师尊。他们与楚金禅师共同弘扬天台宗，同修圆满不灭的佛门至理。楚金禅师的门徒如苾刍、如岩、灵悟、净真、真空、法济等人，定慧兼修，持戒忍辱。他们就像璞玉蕴涵光辉，如檀香不离佛法。

P32 夫发行者因，因圆则福广；起因者相，相遣则慧深。求无为于有为，通解脱于文字。
P32、P34 举事征理，含毫强名。偈曰：

引发行动的是"因"，"因"圆满，福德就广大；诱发起因的是"相"，遣除"相"，智慧就深邃。所以佛道以"有为"求证"无为"，仍要借有形的文字来说明解脱之道。因此，举述楚金禅师建塔之事以求阐明佛理，我只能勉强为之。颂词唱道：

P34 佛有妙法，比象莲华。圆顿深入，真净无瑕。慧通法界，福利恒沙。直至宝所，
P34 俱乘大车。其一。

佛陀有妙法，譬如白莲花。圆满且深入，真实净无瑕。智慧通法界，福利似恒沙。直至涅槃境，众生乘大车。第一首。

P34 於戏上士，发行正勤。缅想宝塔，思弘胜因。圆阶已就，层覆初陈。乃昭帝梦，福应天人。其二。

赞叹此禅师，发愿行动勤。遥想多宝塔，一心弘善因。基阶均已固，塔顶也初陈。乃入帝梦中，福德感天人。第二首。

P34 轮奂斯崇，为章净域。真僧草创，圣主增饰。中座眈眈，飞檐翼翼。荐臻灵感，归我帝力。其三。

高塔美轮奂，庄严彰净域。高僧初创后，圣主增华饰。塔内静且深，飞檐展凤翼。接连灵感应，大功归帝力。第三首。

P36 念彼后学，心滞迷封。昏衢未晓，中道难逢。常惊夜机，还惧真龙。不有禅伯，

谁明大宗？其四。 P36

常思后学者，心智尚迷封。长路昏未晓，至理总难逢。夜惊无枝树，恐惧遇真龙。世无有道僧，谁将解大宗？第四首。

大海吞流，崇山纳壤。教门称顿，慈力能广。功起聚沙，德成合掌。开佛知见，《法》为无上。其五。 P36

巨海吞涓流，高山纳细壤。法门称顿教，慈力能浩广。大功由聚沙，高德缘合掌。开启佛知见，《法华》更无上。第五首。

情尘虽杂，性海无漏。定养圣胎，染生迷觳。断常起缚，空色同谬。薝蔔现前，余香何嗅。其六。 P36

尘世情虽杂，法海广无漏。入定养圣胎，执念生迷乱。断常皆偏见，空色皆错谬。薝蔔现眼前，余香何必嗅。第六首。

彤彤法宇，繄我四依。事该理畅，玉粹金辉。慧镜无垢，慈灯照微。空王可托，本愿同归。其七。 P36、P38 P38

彤彤寺宇兴，惟我四凭依。事备理亦畅，法师金玉辉。慧镜本无垢，佛灯照卑微。佛陀可依托，初心且同归。第七首。

天宝十一载，岁次壬辰，四月乙丑朔廿二日戊戌建。 P38

敕检校塔使：正议大夫、行内侍赵思侃。判官：内府丞车冲。检校僧：义方。 P38

河南史华刻。

天宝十一年（752），岁在壬辰年，四月二十二日建。

御派建塔监察使：正议大夫、行内侍赵思侃。监察使副官：内府丞车冲。设计及监造者：义方。

河南史华刻字。

参考文献：

1. 丁福保编纂：《佛学大辞典》，北京：文物出版社 2002 年版。
2. 任继愈主编：《佛教大辞典》，南京：江苏古籍出版社 2003 年版。
3. 夏征农主编：《辞海·词语分册》，上海：上海辞书出版社 1988 年版。
4. 中华书局编辑部编：《康熙字典》，北京：中华书局 1980 年版。
5. 罗竹风主编：《汉语大词典》，上海：汉语大词典出版社 1986 年至 1993 年版。

鉴藏印章选释

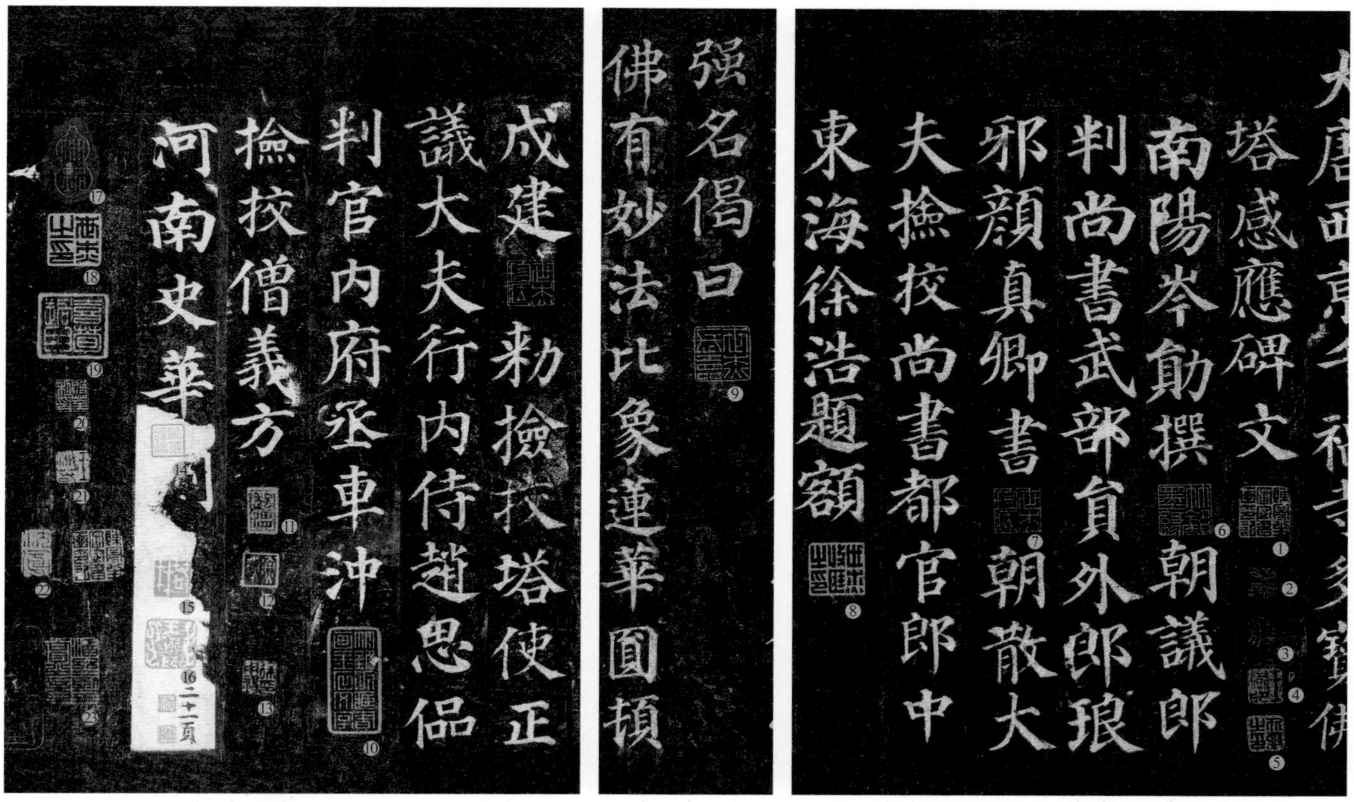

①

陈曼生审定书画印记

（陈鸿寿，号曼生，清代书画家、篆刻家。）

②

若林父印

（王澍，字若林，号虚舟，清代书法家。）

③

虚　舟

④

王澍印

⑤

介徽之印

⑥

竹铭墨缘

（曹鸿勋，字仲铭，又字竹铭，清代官员。）

⑦

世杰珍藏

（苏世杰，民国书法家、收藏家。）

⑧

世杰收藏之印

⑨

世杰长寿

⑩

竹铭所藏书画金石文字

⑪

起　渭

（周起渭，字渔璜，清初学者、诗人。）

⑫

渔　璜

⑬

徐用锡印

（徐用锡，清代官员、学者。）

⑭

竹铭眼福

⑮

若　林

⑯

王澍印

⑰

竹　铭

⑱

世杰之印

⑲

喜荀过目

（汪喜孙，清代藏书家。为避讳，曾更名为汪喜荀。）

⑳

贻荃私印

㉑

王洲若

㉒

沈　凤

㉓

涵斋鉴赏之章